那些浪费的时光和生动的爱

time

吴浩然——著

中国華僑出版社

图书在版编目（CIP）数据

那些浪费的时光和生动的爱 / 吴浩然著. —北京：
中国华侨出版社，2015.10
ISBN 978-7-5113-5710-6

Ⅰ.①那… Ⅱ.①吴… Ⅲ.①短篇小说－小说集－中国－当代 Ⅳ.①I247.7

中国版本图书馆CIP数据核字（2015）第242735号

那些浪费的时光和生动的爱

著　　者：吴浩然
出 版 人：方　鸣
责任编辑：叶　辞
装帧设计：Ares·郑
经　　销：新华书店
开　　本：880mm×1230mm　1/32　印张：8.5　字数：200千字
印　　刷：北京慧美印刷有限公司
版　　次：2015年11月第1版　2015年11月第1次印刷
书　　号：ISBN 978-7-5113-5710-6
定　　价：36.80元

中国华侨出版社　北京市朝阳区静安里26号通成达大厦3层　邮编：100028
法律顾问：陈鹰律师事务所
发 行 部：（010）82068999　　传真：（010）82069000
网　　址：www.oveaschin.com
E-mail：oveaschin@sina.com

c o n t e n t s

目录

contents

［推荐序一］

小说家吴浩然

青年作家、《文艺风赏》杂志主编　笛安

作为小说家，她懂得“真实”与“虚构”之间微妙转换的秘密。这让我个人的阅读充满趣味与惊喜。每个创作者的密码不同，而她的密码，就是那只不期而遇的、沉默的骆驼。一个妙龄女孩，却如此擅长书写悲凉的平庸，作为生活里的旁观者，我会心疼她，可我又知道作为她的读者，这是种运气。

[推荐序二]

给心藏疏远或离别的人

作家、编剧　消失宾妮

收到浩然的全书稿，断断续续读了两周。读一篇，停一会儿。睡前，午后，去往聚会的地铁上，在咖啡馆里辗转工作的间隙。

读完最后一篇小说，忽然想起去年冬天在末班地铁上环顾四周的我。工作了一整天的圣诞节，我裹着风衣走两站路回家，整个北京因为打车软件的促销活动而没办法在路边打到一辆车。风寒刺骨，但是走得久了，对寒冷的厌倦就会减轻——因为冻僵而连寒冷也难辨。

终于挨到地铁，列车里也无几人。打量上下地铁的行人是一种职业病，大家都挂着不一样的疲惫，倚靠着同一辆地铁。在停站的某一刻，我忽然觉得车门开启的时间比往常长，长到忽然想向外跳出，要掐着列车门关闭的那一瞬间。

但是车门关闭的时候，我就清楚地知道，这种冲动毫无作用，既不会真的让生活“脱轨”，也不能证明某种力量。但为什么这种念头会突然破壳而出，一跃而过呢？先不表。

我与浩然相识已久，不远不近，有些年头。她的《罗素素的青春期及以后》在“文学之新”的海选中出现，大家都觉得眼前一亮。

因为这是一个普遍强调审“美”的故事里，正儿八经地讲一个与“丑”有关的窘迫和因此被席卷的生活的故事。有趣的是，她写得正面而清淡，生生在这么奇怪的命题里做到了娓娓道来又不依靠任何一种猎奇，把一桩桩日常生活里人人回避的汗颜之事讲得细腻动人。

我觉得她在写作之外，首先还是个怪人，还得是个好脾气的怪人，但又懂得如何藏在琐碎生活里。

后来比赛未能如愿，和她也只是远远交流。其实，她是怎样的人，我一直没有印证。我对“以文辨人”有一种执念，觉得但凡能点到我心的文章，总是会流露出作者当时的状态。

后来，我在《文艺风赏》担任文字总监，见到了她的《苍狗》。我们将它发表在杂志上，那是五周年特辑里唯一刊登的一篇小说。

《苍狗》的故事也能一句话说完——一个居无定所的女孩捡到了一只流浪狗，在短暂的时间里的惺惺相惜与疏离。

我得着重挑出一个词来说，就是“疏离”。

在那个时候，我还没有密集地阅读她这些年的作品，也没能从两篇小说里发现她的那个共性——“疏离感”。

于是，在看完她这些年的小说后，我忽然想起那列我自嘲而没能跳出的地铁、那个冬夜和我的怀疑。而原来她的故事里，这种主角，有着因日常而麻木的生活和对每日得见的熟悉生活产生的巨大的陌生感——她的故事总是从这种日常而陌生的悖论里产生的。天性凉薄又尖锐，但是因为她的好脾气，你总不会被侵犯，而觉得被抚慰。

年轻的作者总有许多路要走。浩然比我见过的大多数作者都有才华，而路途却比他们走得委屈。我对这个世界的定律没什么异议，毕竟，更外化、更显而易见的典型差异，会更容易让人记住。但我喜欢她这种藏在生活里的“伪装者”，选着最无差异的表面，怀揣着一颗对“共识”都会描绘出不同的心。

在《罗素素的青春期及以后》里，她写的是：“生命里非常漫长、被稀释的苦难和改变。”

她在《骆驼》里写：“所有被道出的都会消散，所有被写下的都是欺骗，所有过往的时间都是蹉跎。唯有在汗水和沉默里，一个人能知晓万分之一的真相。”

生命里所有的“细微”所承载的“残酷真相”，因为琐碎而被“稀释”。可是它们不存在吗？并不是。总有人敏锐地发现了它们，并且因此受困、痛苦。而这大概就是她截至这一本小说集中，最大的命题。

当然，不是所有人用“面对”来止痛，也不是所有人觉得“真相”是必不可少的。有些人的作品能煽动那些热情的灵魂，有些人的作品却让一群疏离而孤独的人在寒冷的夜里被一点温度惊醒。

这两样无法互换位置，无法被彼此代替，因为彼此都很独特。然而，我更喜欢后者，就像我更喜欢她一样，因为她在坚持一条少有人走的路和日复一日对抗日常生活里的陌生与孤独。但因为她的对抗和叙述，我们都能获得一点能量。这是煽动的灵魂无法抚慰的疏离的我的灵魂，我的难处。

就像她在《哥哥》里写的那句，是她的，但用来描绘她又恰恰好——

“虽然他不能一直拉着我的手走，但是，至少他帮我释放了这样一个夜晚全部无辜的星星。”

［自序］

十九岁

吴浩然

在我的记忆里，十九岁是过往岁月里最困顿的一年。那一年，我在武汉读大学，正是大一、大二交接时，专业课越来越多，难度越来越大，而我脑子如锈住了一般，感到异常吃力。同时，我在做着繁重的学生工作，一身多职。每天晚上，我常常是寝室最后一个回来的。回来的时候，室友们都在做最后的就寝工作，我去洗澡间洗澡，回来时屋里已一片漆黑。我摸摸索索地上床，掖好帐子，靠手机的微光检查有没有蚊子。这样的检查当然没什么用，几乎每天晚上，都有两只蚊子嘤嘤嗡嗡，让我在断断续续的失眠中熬过武汉漫长的夏夜。

还有，我长胖了。从入学时苗条的身材，嘭的一下长了五六公斤。虽然也不是很重，但我是虚胖，两眼无神，脸颊浮肿，四肢笨拙，硕大的痘痘一片片地鼓出来，还频繁掉头发。一年的工夫，小时候浓密的头发只剩下了一半。

那是最累的一年，也是最丑的一年。我感觉天塌了。

没有老师，没有同学，没有朋友。班主任找班干部们聊天，我总是最沉默的那个，心头萦绕着惯常的呆滞与疲惫，耷拉着苦瓜脸的脑袋。不过，她并不是一个狭隘的老师，还是很尊重我的，常对我说：“一个班的支书比班长更重要，所以呢，好好干。”同学们一个个与我疏远起来，虽然我是支书，每天都要到各个寝室说些通知之类。我勉强寻找着上课、下课、吃饭、打水时的同伴，最后还是放弃了，像一群快乐的小鸡中那只生了病的小鸡，在鸡群旁边抽搐着，肿着腿和脸。

到底是发生了什么事呢？好像什么事也没有发生，我便成了那样子。我在家中有父母的照顾，在学校有学校的保护，十九年的生命里从未被迫经见人性中残忍和狰狞的部分。前一年九月，我去武汉上大学，第一次坐长途火车，一晚上没有睡着。半夜去厕所，正好窗外掠过一排灯光，一刹那，我从镜子里看到自己，头发毛毛的，眼睛亮亮的，满脸闪着熠熠的猜想。我也确实因为会写诗、会弹钢琴、举止文雅、挺像淑女而得到了新同学的欢迎。而仅仅半年过去，或一年，就好像被施了魔法一般，闪着光彩的乐园消失了，露出了粗粝而真实的荒原，好像这才是我应当跋涉的人生。

那一年，我读到张爱玲的作品，我认为我跟她很像。我也害怕见人啊！我也会在出门的一瞬间，如果看到有熟人经过，就强烈地想退回寝室里。与人打招呼成为很大的烦恼，可偏偏我做了太多学生工作，认识太多应该打招呼的同学。我几乎能够背出张爱玲的

《烬余录》和《私语》。《私语》的末尾说："常常，我一个人在公寓的屋顶阳台上转来转去，西班牙式的白墙在蓝天上割出断然的条与块，仰脸向着当头的烈日，我觉得我是赤裸裸地站在天底下了，被裁判着像一切的惶惑的未成年的人，困于过度的自夸与自鄙。"这感觉我知道。许多个中午，开完学生会那些可有可无的短会后，我惧怕打扰正在午睡的室友，就打着哈欠漫无目的地在校园里游荡。我所在的大学有全中国最大的校园，直到毕业我都没有走完，也不知道它的边界。它是美的，草木丰茂，碧茵满地，长长的梧桐路上方，高大的梧桐枝合拢成天堂一般的穹顶。这里没有市区的聒噪和尾气，这里洁净又安静，但我感到无处容身。后来，我读到卡夫卡的作品，也很喜欢他，他对自己的残缺那样坦白，让我觉得他是最纯净的作家。他对父亲说："世界在我眼里就分成了三部分。我，是个奴隶，生活在其中的一个世界，受着种种法律的约束，这些法律是单为我发明的。而我，不知道为什么，却始终不能完全守法。然后就是第二个世界，它离我的世界无限遥远，这是您的世界，您行使着统治权，发号施令，并且还因您的命令得不到执行而烦恼、生气。最后还有那第三个世界，其余的人都在那儿过着幸福和自由自在的生活，没有人发号施令，也没有人唯命是从。"我几乎不用思索就知道，那最让人折磨的，是第三个世界。

在如今的回想里，我一直提醒不要把十九岁的自己看成是受害者。我不是受害者，生活在一起的同学们也不是施害人。确实，除了偶尔的口头的龃龉，他们并没有做任何伤害我的事。而我在长久的自思自想里不停地自问自答，最终还是守住了心底那个微弱的声音：我也没有错啊。我没有错，我也没有做任何会伤害他人的事情，我——只是恐惧。我记得十八岁时的恐惧，那些刚开学的日子，生活中迅速增加的新面孔让我感到极度的紧张和恐惧。似乎就是为了摆脱这紧张感，我吃了太多的甜食，然后迅速发胖；为了摆脱那恐惧，我接了过多的学生工作，不停地奔忙，以此增加存在感的砝码，尽管丝毫不享受学生工作的过程。我分不清事物的对错，用逻辑判断该怎么笑，用智力思考该怎么说话，身与心都是僵硬的。唯一能随着感情自然流动的，只有眼泪。不过，我哭得并不多，我只是想逃离——暑假的时候我就会感到轻松和快乐，因为我家在郊区，可以几十天不用见人，整天只是看看书、看看电视、给野猫喂食。但暑假终要结束的啊，还是会开学，还是要去见同学。我常常坐在妈妈身边，揉着她胖胖的肚子，把脸贴上去，在心里说："真想回到这里去。"

决定写作差不多就是从那时开始的。我不可能回到妈妈的肚子里，也不可能一辈子躲在家中。而我又那么年轻，我要活。我动用全部的经验，思考以后怎样可以不用见人又能活下去。我会弹一点钢琴，文笔也还可以，那我可以做一个钢琴师，或者自由撰稿人，这两个工作应该都是不用见人的。就是因为这天真的打算，我把所有空余时间用来在学校的琴房练琴，或者写一篇篇习作。渐渐地，只有习作坚持了下来，因为练琴需要找人开琴房，也还是要出门。

于我所读的理科专业来讲，这几乎是自断前路。我也意识到了，但我还是辞去了全部学生工作，也接受了处世困难的事实，一心一意开始闭门造车。在这之前，冲突达到了顶峰。大一升大二的一个晚上，班级举行学生干部换届。同学们对班级的许多安排都感到不满，我照旧不知所措，照旧认为应该为这些不满承担责任的人，首当其冲的是我这样的支书。短短十几分钟的班会里，我十分脆弱的神经再也受不了同学们此起彼伏的抱怨，终于哭了起来。因不想在同学们面前哭，我便打开门走了出去，在门外哭了一会儿。那大约有一两分钟还是几分钟，我不记得了。当时，我挺盼望有谁能走出来安慰我一下，叫我进去，随便说点什么也好，但是没有，外面的世界只有静悄悄的黑暗，他们依旧待在有光的屋子里。

在一些文艺叙述的逻辑里，那一刻，我应当是感到全身冰凉的绝望。后来，有一两次对朋友描述这件事时，我便是这样说的，说从那一刻起，我对这个班彻底寒了心，决心投入重建自我的新生活中。其实不是的，倘若仔细回想，当时我没有五雷轰顶，我只是没滋没味地擦干了眼泪，然后打开门继续主持班会。我心头所缭绕的，终年不停缭绕的，只是深深的迷惘：自己没有错，这个世界也没有错，但一定有什么出错了，那错的究竟是什么呢？

后来，在我差不多已忘记当年这迷惘的时候，我看到了《圣经》上的一句话："凡有的，还要加给他，叫他有余；凡没有的，连他所有的也要夺去。"那一刻，我犹如再次独自站在门外的黑暗中，因为感到太震动，反而无话可说。不是因为我曾被这样对待，而是因为我也在无意中做过这样的事。大学快毕业的那几天，我的一个室友频频和男友吵架，再加上其他一些烦恼，她是在非常低郁的情境中被男友叫来的出租车接走的，连同她的所有行李也带走了，意味着此后她不会再回来。当时，我们其他三个人都低着头坐在各自的桌边，什么也没有说，也没有道别。我们没有不喜欢她，可我们也没有因此感到歉疚，只希望这一刻快点过去。

于是后来，在我恢复健康、恢复生气、恢复智力与情感的自然流动、恢复才华的施展以后，曾经白眼以对的人，对我——又重新抱以青眼。这转变于他们并不做作，可我心里仍旧感到苦涩。在这些年寻寻觅觅的写作与生活里，我了解了一些心理学常识，知道了往事的来龙去脉，也明白了自己巨大的心理创伤该如何弥合。或许，不需要看书，不需要心理学，时光自然会让一个人逐渐明白，并不是只有完美的人才值得被爱，处在困境中也并不是羞耻的。我以二十多岁的年纪，重新领受生活，领受情感，谈恋爱，和密友们睡在一个被窝，尝试各种服装搭配，大声表达自己的观点，做运动，独自旅行……每件事都像是新的，每件事都在从头学习，像一个初涉人世的小女孩，睁着好奇的大眼睛走在从未走过的街道上。当我回想那个十九岁的少女已感到陌生时，我知道自己已重新置身普通生活的天堂。可我提醒自己，不能因为如今的幸福，而成为对曾经那个自己有伤害能力的人，哪怕是一点点自嘲也不允许。因为那痛苦是真实的，因为我是过往岁月的后代，在曾经的不快乐面前并不是帝王。我也并不感谢这样的十九岁，尽管是它引我走入写作。写作并不是件幸运的事情，那就是一种命运。一个人来到世上，无论好坏，承担他该承担的命运，就是这样。

十九岁的天空啊，哪怕是隔着半生，我已变成鹤发鸡皮的老妇人，我仍然不会为你找理由，说你是充实与美好的。去年秋天，我去绍兴玩了一次，回来的火车上，对面坐着一个学生模样的女孩，大约十八九岁，胖胖的，戴着眼镜，穿着毫无特点的学生装，梳着蓬乱的简单发式。她不丑，但一点也不美，从她僵硬地垂着头、紧紧抱着书包、对周围的磕碰一概忍受的态度里，我看出她的生命力还没有启封，也看到久违的十九岁时的自己。那样苦楚的、毫无意义的沉默和泪水，挣扎在无法平衡的内心之中……这世界教我们要爱家人、爱朋友、爱自然、爱一切，却唯独没有教我们爱自己。有些人能从被爱中学会爱自己，有些人并没有完成这必要的预备就匆匆投入了人世，他们所有的迷惑都指向自己，所有的怀疑都化为悲伤，所有的悲伤都成了沉重的十字架，要走多少路，寻多少时，才能抵达内心平静的彼岸。对，那温柔的，每个人都有权憩息的此岸。

那些浪费的
时光和生动的爱

罗素素的
青春期及以后

小的时候，我是个漂亮、骄傲、活泼的女孩子，至于后来为什么会变得平庸、胆怯、孤僻，我说不清楚，爸妈也说不清楚，也许不过是埋伏在体内的基因作祟。过于美好的童年期在十一二岁达到顶峰。那时，我的身体纤柔灵巧，面容清朗像笔酣墨饱的写意，脾性骄傲而乖张，擅长嘲笑和颠覆，在大院子的孩童领域是主要的左右者。如果任此发展下去，各方面的出色会因智慧的增长而膨胀几分，加上心机锻炼成熟，也许我会变成一个诱人而毒辣的女人。可是，也许我的基因中只有这么一段带着浪漫主义的自由无羁，余下的部分在一个夏天被热醒。从混沌中逐渐恢复活力以后，我的人生从此面临的变化就像那个老套的词——戏剧性。

但是，我马上察觉到“戏剧性人生”这个说法潜在的心理粉饰和拔高。当我回想这些年的经历时，发现那件事的影响力难以启齿——并非是严重到无话可说，而是——像一切天生的坏运气，即使是森然大难，若用一生的时间来拉长稀释，也会淡薄成一点点日常的麻烦，淡薄到难以启齿。妈妈问我：“你不愿意和人打交道，是不是因为这个？”

“当然不是。”

我说的是真话。在我平庸的人生里，没有二元对立的因和果、始和终，但是，不妨把那个盛夏的夜晚作为叙述的起点。那天，暑气自脚下蒸腾而上，我和几个同院的男孩站在附近一所小学的篮球架下面。我们年龄相仿，分布于三到五年级。人是多么容易受到环境的影响啊，日落西山之后，操场上混混沌沌，满眼是沙石不洁净的灰黄色。我们努力睁着眼睛又眯起眼睛，依然看不清周围的草木，心里有点黏黏腻腻的烦乱。为了赶快消磨掉这段不上不下的时光，我们开始攀爬篮球架。篮球架不似现在那样精美而经不起折腾，钢铁与木材的原色让它显得十分结实。被摩挲多次的铁管有舒缓的凹凸，散发着远离铁锈的酱油色光泽，把鼻子凑近，就会嗅到抽象的打消食欲的气味。我爬到稍高的地方，把脸俯贴在铁管上，沉醉于视角的倾斜中。这时，身边一个男孩忽然跳下篮球架。他走开几步后对我说："你身上难闻。"

我有点吃惊，不是因为他的话——童年时的我漂亮，但尚还没有维护漂亮形象的意识——是因为他的行为。这个叫骏的男孩居然向我表示排斥。他向来是令我瞧不起的，一听到他妈妈敲碗呐喊就马上要回家，一感冒就戴一个大绒帽上学，活像个唐僧。

骏扭着小眼睛，转过不规则的脑袋向那几个男孩说了几句话。他们走过来，靠近我闻了闻，有几个做出夸张的姿态，向后退了几步，懒懒散散地感叹着。在相互应和中，他们的脸上显出无聊的兴奋。我对无聊向来报以鄙夷，兀自伸出胳膊，习惯性地勾着篮球架转圈。有个男孩说："咦，别转了，难闻。"

我转身就走。那些男孩子都是我瞧不起的，他们从来说不出有价值的话，只会横七竖八地咋呼。我动静皆宜，早早学会了自娱自乐，之后的几天，我就天天在自己的小房间里画画和做手工。我是大院孩子们当中最会画画，也最会做手工的。骏有时候爬上我的窗台喊我出去玩，常常被我一掌推下去。我不能原谅我的追随者之一居然把我置于一场无聊的咋呼之中。

暑假快过完的时候，妈妈买了一小瓶药水给我，叫我洗澡后抹在胳肢窝里。小瓶只有拇指大小，十分不起眼，里面是不清不亮的液体。我诧异地瞥了一眼，不耐烦地丢在一旁。

“不抹，我没闻到。”

妈妈说：“但是别人能闻到。小丫头，要注意一点。”

我说：“要是真有气味，我怎么会发现不了？你藏在柜子里的橘子，我一进门就能闻出来。”那时候的我精力充沛，情绪的沸点很低，很容易暴起脾气来。

妈妈说：“我都闻到了，还会骗你？这是你爸爸的遗传。你奶奶遗传给你爸，你爸遗传给你。现在，你要进入青春期了，新陈代谢变快，所以就开始有气味了。”

晚间洗澡前，妈妈特意把药水放在香皂旁边，叮嘱我每边抹上三滴。药水有一股黏稠的医院般的涩味，不仅是打消食欲的，而且是叫人反胃的。第二天，还没有长出一丝毛发的胳肢窝开始脱皮，布满了密密的白屑。我换掉穿了一个暑假的背心，穿上短袖衫，找到妈妈，愤怒地把胳膊伸给她看。我的胳膊小麦色、光洁、笔直，没有任何瘢痕和多余脂肪，竟然在末端如此不堪。

妈妈用手刮了一下，落下几片白屑，我的头皮立刻一阵发麻。

她说："刚抹有点脱皮是正常的，过几天就好了。我也在让你爸爸抹，这是家族遗传，没办法。"

"你没有吗？"我问。

"我当然没有，我和你们罗家又没有血缘关系。来，你闻闻看。"妈妈掀起袖子，露出肥白的上臂和毛茸茸的腋窝。我犹疑地凑过去，嗅到一股尖锐的汗酸气，赶紧把脸别开。

"只有汗味，是不是？"妈妈自信地笑道。

我问爸爸："是不是你遗传给我的？"

爸爸点头。他点头的幅度很小，频率很高，不动声色，给人的感觉介于平静和不屑之间。

"唉，为什么你的双眼皮没有遗传给我，小腿那么细没有遗传给我，好头发也没有遗传给我，偏偏把这个遗传给我呢？"我掰着爸爸的肩膀，"你说呀，为什么就把这个遗传给我呢？"

"是呀，我们把你重新生一次好不好？"妈妈笑个不停。爸爸被我晃来晃去，抿着嘴，淡笑不说话。

漫长的夏天被蝉声锯成许多了碎片。对于我来说，夏天向来是个天堂般的季节，我在院子的每个角落里甩着敏捷的胳膊和腿，汗珠痛快地滚滚而下。夏天充分契合了我漂亮、骄傲、活泼的特质。可是现在，不仅短袖衫弄得肩膀不舒服，汗珠还常常忽然从肋间滚向腰际，一阵发痒，骇得我以为是小虫钻进衣服。我躺在凉席上想，难道要一直脱皮，一直穿着短袖衫吗？

妈妈说："素素，抹了药就好了，只管出去玩吧。"

我又开始和伙伴们玩了，只是原本直上云霄的暑假拖上一个不爽利的尾巴，我的脾气变坏了。我问骏："还能闻到气味吗？"骏摇摇头。

"本来臭的就是你！"我把玩具朝他扔过去。

那一年，我开始进入青春期。大院里几个孩子上了不同的初中，做了多年的邻里开始解散，家长们都搬到学校附近去陪读。我的皮肤逐渐变白，胳膊、腿开始积蓄脂肪，早晨洗脸时，鼻子上会有油，身体的曲线一年比一年分明。妈妈不再允许我胡乱套一件旧汗衫就跑出门，而且要求我留长发。

在初中，我如鱼得水，小学时不出众的学习能力突然如泉涌，几乎次次考试都是第一。同学们评价我是班级乃至年级唯一一个美貌与成绩兼有的女生。在各方面能力逐渐自觉以后，我开始懂得避免日晒和过量饮食，懂得在赞扬中只浮出一丝微笑，并且——开始清晰地嗅到自己身上的气味。作为一个姑娘，我各方面的感受力和分辨力都比较敏锐，哪怕只有一丝气息从领口偷偷逸出来，也会被我谨慎地捕捉到。这是一种深灰色的，略微发黏的，在生活中不能找到具体形象替代的气息。是的，我从来没有在生活中嗅到过类似的气味。妈妈和我的气味的确不同。我对她拿起我的衣服检查、鼻腔受到刺激时的表情已经司空见惯。我的同学和好朋友，在最热的空气里也未表现出任何异样。

不过，我觉得它并非臭不可闻，只是不令人愉悦而已，更加难闻的气味还有很多。当我洗完澡，仔细抹好药水，穿上透气的衣服时，我就是一个安稳的、平淡的女孩儿，除了女孩子的共有特征之外毫无异样。我小心地保藏着我与众不同的秘密，日复一日，夏天更是严阵以待。虽然有时我希望把它告诉我的同学和好朋友，让她们惊异我保藏之严密，但是又不敢尝试。

妈妈时常询问我，有没有同学发现我的气味？她说她打理着我的身体长大，如果出了纰漏，会让她十分不安。而当年骏他们的表现还在眼前。初二的时候，我在路上偶遇骏，他的个头大了一圈，脸颊和当年印象相比有点走形，若是细看会疑惑是否真的是他，略略一瞧反而十分肯定。他没有近视，比我眼尖，我还在分辨他时，他立刻把脸别过去看人行道边的树，腮上通红。

哼，这个家伙，以前还不穿裤子在我面前跑的，现在居然害羞起来了。我想着，心里也咯噔了一下，干脆死死盯着他，盯得他的耳朵和脖子也变了色。

我们都讨厌对方，因为对方知道自己的过去。

其实这个时候的孩子没有不害羞的，害羞是因为一知半解。如果不害羞，那就是知道得太清楚或完全未启蒙。初中的孩子会一无所知或无所不知吗？当然不会，所以我们其实都害羞。但是，我常常在浴室里毫不害羞地端详自己的身体，看自己年轻的、看上去几乎完美的身体。那埋藏在身体里不见天日的危险让我有超乎年龄的悲壮感。

不开心的时候也并非没有，但只是发生在家里。爸爸像大部分男子汉那样不讲卫生，常常在晚间快要睡下的时候，我听到卧室里妈妈的责怪声，接着听到爸爸走进洗手间开水龙头的声音。他必定只是打湿毛巾胡乱在上身擦擦便了事，因为第二天妈妈会责怪他把毛巾也弄上了气味。

而我从来无须多言，因为我天生喜爱洗澡。这是妈妈曾经引以为傲的，可是如今我的爱清洁只能让她放心而不是赞许。在冬季的公共澡堂，水声、锅炉声、说话声几乎震耳欲聋，妈妈在不远处的水龙头下朝我喊：“胳肢窝多打点香皂，多搓一搓！”

我屏住呼吸，不吭声。

妈妈又喊：“多打点香皂！”她抬脸向我，做出往腋下涂抹的姿势。皂沫从她额头上往下滴，她紧缩着五官，眉毛几乎插进双眼之间。

旁边的人开始望着我。我想了一下，答道：“知道了，你也是。”

夏天，我中午和晚上都会沐浴，因此我比身边的人都要清洁。我无数次检查自己的腋窝，淡褐色的纹路像掌纹，平静的、宿命般的纹路。问题出在体内，而非体表。只有等我玉殒之后，这不请自来的气息才能消失。但是，我很乐观。相比脸上长个大痦子或是龅牙，或是头发稀疏、口吃、跛脚、青春痘，我觉得自己的遗传缺陷还比较好掩饰。而且我能灵活应变，有一次，好朋友来家里玩，看见了桌上的药水，我毫不客气地说："那是我老爸的。"有一次，坐在我后面的同学嘀咕一句"什么奇怪的味道"，我笑答："自己调配的香水。"

我也曾被告知自己的防范措施有疏漏，那只是在极其少见的情况下，比如没有条件洗澡，或是天气太闷。某年暑假一个惬意的下午，在廊檐上，舅妈向妈妈提到了我的气味，用语之婉转，我甚至没有听出她指的是什么，是妈妈的反应很快让我明白了过来。妈妈红红脸，转过头微笑着对我说："素素，去动下手术就好了。"

这是妈妈第一次向我提出动手术。我一愣，便朗声大笑着进屋去，在油腻腻的桌子旁坐下，继续看小说。我觉得荒谬。在老家，我是一个人称楷模的女孩儿，爱看书，不乱疯，讲道理，而且我坚信，一点不大不小的遗憾有助于个人生存的自然性。妈妈跟在我后面道："天天抹药也麻烦啊。打麻醉，不疼的，很小的手术，只是开个小口子，把汗腺取出来就好了。"

的确是件很简单的事，于是，我简单地拒绝了："年纪轻轻挨一刀，活着也没什么大意思。"

在从容不迫的同时，我时时警觉着同类的出现。我的鼻子一年比一年敏感，近距离、数秒内就可以判别对方体味的属性。我觉得我的同类当中应该是男子居多。一个男性身体上的龌龊之处完全可以被接受，但是像口臭这样的龃龉是不可原谅的。他的不完美，只能是天赋的不可更易的严酷，沉默无言的辛劳——只有我这样的女性能心领神会。

当时，我正处于青春中期，心中开始对异性感到杂草丛生的萌动。那是个想象力单纯而丰富的年纪，如果某一种幻想持续较久的话，会在大脑中生发出一个纯粹欲滴的新世界。这个世界里有丰沛的感伤和满足，对青春时期之后信仰的构建可能会有积极影响。我说可能，因为自己并没有这样的经历，命运并没有留给我太多幻想的时间。不久后，我就在公交车上遇到了一个男子。他比我高很多，伸手握住高高的扶手后，我在他身旁嗅到了同类的气息。

我不能自控地屏住呼吸，不能自控地走到车厢后面，脑袋嗡嗡直响，心里怦怦直跳。不仅是因为这相遇太意外：不能不承认，这种气味从别人身上散发出来，的确有点惊人。我坐在后排座位端详着这个男子。他还很年轻，大约20岁，却已经发胖，脸上油腻腻的，五官毫无棱角，显得贪吃，没有什么头脑。他的鼻子下面有一排胡子，在油腻的背景下更加不伦不类。他穿着宝蓝色的衣服，那个时候，男生的衣服总是一阵红，一阵蓝。而这种宝蓝色是我最不喜欢，认为最不应做衣服的颜色。

我不能想象那宝蓝色衣服之下的躯体，他给我一种肮脏的感觉。我恶毒地想，他如果有什么磨难和不快乐，那不是因为别的，不是什么命定的创痛和原罪，都源于他太不爱洗澡，太不尊重自己。

这次发现是一个打击。下了公交车，毒辣的阳光从头顶砸下来，我吓了一跳。太阳原来这么可怕，瞬间，后背就紧贴住汗湿的衣服。我站在路边，屏息感受了一下领口散发出的气息，嗅到一股熟悉的气味。我一直以为那是压制隐疾之后正常的体味，但是，在没有参照的情况下，谁知道自己是不是正常，谁知道自己是不是特殊？究竟，应该是什么样的味道？

我抑郁不乐地回到家，洗了个澡。妈妈回家后，我问妈妈：“这个气味会不会越来越严重？”

妈妈说：“你比小时候是要严重一些，不过中年的时候就好了，你爸爸现在就比年轻的时候好些了。你不要担心，我好久没闻到你身上的味道了，只有洗衣服的时候仔细闻闻，才会有一点。”

但是此后，我开始长久地闷闷不乐。我减少参加班级动态活动的次数，那时学业已经繁重得多，长久坐在角落里不会是一件异常的事。举止上的受限不算什么，我动静皆宜，早早学会了自娱自乐，但是，我觉得心里被嵌进一粒沙子。一般认为沙砾是珍珠的前身，可我不是蚌壳。这沙砾从腋下悄悄移到心里。就像一个预感到不能入眠而又必须入眠的夜晚，闭上眼，丝丝缕缕的担忧就从黑暗中浮上眉心。

我曾经为自己严格仔细地保守秘密感到得意。但是，也许正因为这秘密之无法保守，便不会为别人特意提及。如果我已经塑造了一个无所谓的形象，如果我是同类中的异类，几乎从未将其泄露出去……无论面临哪种情况，为了自己的尊严，绝不能冒险开口坦白。

虽然我比他们都要爱清洁，我洗澡的次数至少是他们的两倍，但是谁知道。这清洁不能炫耀，而且它的美好感常常被压力消解掉：我恍惚觉得自己像动画上屁股烧焦的汤姆猫，奔跑时身后连绵一道烟。只是这一道烟在我身上就变作了两道，是从腋下生发出来罢了。即使不断用水清洗，从水中出来的那一刻，担忧又开始酝酿，像汤姆猫，永远面临着不断地被压扁、拉长、烧焦的命运。这真是无法可想了。

发现了那个公交车上的男子的第二个夏天，妈妈再次要我去做手术的时候，我开始考虑她的建议，说："那么，先让我爸试试？"爸爸未置可否。当然，我是开玩笑的。爸爸已婚生子，大局已定，而我前路漫漫，应该未雨绸缪。

在医院，夹在许多有疾病的人中间，我重新感到从容而自负。也许应该早点来到这个地方。在我之前候诊的，是一位饱受痔疮之苦的人。妈妈对我说："你看，人家还不是要撅着屁股给医生看？你这有什么不好意思的。"

我们决定接受传统的手术方式，一劳永逸，而不是小广告上的无创之类不靠谱的手段。成长中向来完整无缺的皮肤被切割、拉扯，产生陌生的不适。但是，手术过程中，我始终充满着好奇，因为从来没有见过那样明亮的刀子、剪子，还有月牙形的缝针，明亮得不会留存，也不能忍受一丝血污。细小锋利的光芒来自人间之外，这提醒着我，这一切是多么特殊。我应当早来接受这一场严肃而宁静的、精心的洗礼。手术灯纯白的光耀下，两个通身蓝衣的非凡的人处理着我的身体，自诞生至今，从没有哪两双敏锐的眼睛对我的腋下如此关切，他们此时此刻所做的一切都是为了我。

我从来都是一个孤身一人的战斗者，如今我发现，陪伴不一定需要来自同类。

然而，这特殊的时刻无法延长。当我离开手术室，胳膊下面夹着两个棉包，我发现外面的太阳一如既往地毒辣，并不会因我而有所改变。我匆匆打车回家，路上有人注意到我的棉包，他们什么也不会说，因为他们一望便知道一切。向来遮遮掩掩会引起最美妙的流言蜚语，坦白却可以立刻使人失去兴趣。我如要成为不异常，必须彻底异常一次。同理，为了能够永远战败夏天的太阳，必须忍受住两个礼拜的彻底躲藏。两个星期中，除了定期去医院换纱布，我没有晒过一次太阳。

生理上的一些不适都可以忍耐，但我心中涌动着一些未可名状的思念。我爱上了那个给我消毒的助手，他是个年轻温柔的男子，应当干净而平淡。他俯视着我有缺陷的身体，我因此成为一个接受救赎的受难者形象。给我消毒的时候，他动作之精心，仿佛擦拭的是一座初生的瓷器。

“疼不疼？”当酒精沾上皮肤，凉气开始蔓延的时候，他笑着问我。

我没有回答。他的眼睛像婴儿一般黑，带着容纳一切、永不惊讶的神情。除了肉体，还有什么值得惊讶？他见过了我的肉体，因此他从起初就了解了一切。洗礼与受洗的绝对高下产生了绝对的平等。

复诊的时候，主刀医生正带着一群实习医生忙着。我一眼便看见了那婴儿般的眼睛。那时，我还是秀丽的，大人常常夸我的笑容很可爱，而在手术之后，我常常开怀。此时，我依然在笑，我发现他看到我时眼睛一亮，向我紧走了两步。然而，他又停下脚步，停留在他的同学中。

他了解一切。作为医生寡言的助手，他亲眼见到了我如何勇敢地脱下衣服，回答了医生的询问，向医生吐露了从未向人说起的细节。我被一刀划开，是他亲手用药棉吸走不断流出的血液，他还参与制作了黑线缝合后蜈蚣一样吓人的刀口。只有他知道我主动选择用苦痛换取洁净的全部过程，他的同学凭借医疗知识只能推测出粗略的开头与结尾：之前，她散发着无穷无尽的臭味，之后，她带着两条心虚的疤。一个秀丽的少女，这样抬着胳膊、夹着棉包的样子是多么滑稽。医生问了我几句，叮嘱继续吃消炎药，便告知我可以回家，过几天直接拆线。回家的路上，我想，被缝了几十针，竟然连吊瓶也没有吊过一次，真的只是一个很小的手术。

腋下多出两条疤，有一条缝得很平整，另一条有点扭歪，这是那个助手带给我的唯一纪念。数月后，余痛彻底消失，疤痕渐渐转为正常皮肤的颜色，已经看不大出来了。我并没有丢掉检查气味的习惯，反而更加频繁。生活变得轻盈，每一次小心翼翼地检阅都带来陌生的快意。在妈妈的欢欣鼓舞中，天气转冷。第二年夏天，我又嗅到了以前的气味。

妈妈很后悔："不该叫素素开刀，没有治好，还落下了疤痕。"爸爸倒很从容，给我买来了以前的药水，说："她的青春期还没过，汗腺会继续生长，我之前就料到了这一点。"

但是毕竟做过正式处理，气味较之前淡了许多。我保持正常人洗澡的频率便可以安全无事，也可以参加体育活动。但是，此时已是高中后期，没有人会在意我蠢蠢欲动的表现欲。

后来，我进入大学，依然保持着细心、爱洁净的习惯。我不穿无袖衫和吊带裙，不游泳，不参加健美操训练。尽管妈妈常常安慰我说："腋下的刀疤不怎么显眼。"我倒不是太介意刀疤的不美——我现在已是一个十分安静的女生，而是面对过一次失败的阉割，我发现自己无法保持任何一种纯粹性，不能归入任何一个群体。我不怪妈妈和医生，如若有所责难的话，那便是当初自己轻易地屈从。尤其，当一连遇见好几个我无所顾忌的人之后。比如，隔壁班里就有一个瘦小的男生，在夏天会发出浓烈的气味，相隔两米都能清晰地、惊心地发现。他频频坐在女生旁边，从来没有听见哪个女生抱怨过他的气味。他做学生工作一路青云直上，似乎那气味也因他的荣誉而鸡犬升天。

我交了男朋友，不知是不是因为爱情的缘故，我在他身上嗅到一种气息，特征分明，从来没有在别人身上嗅到过。我贪婪地嗅着他，相处的每时每刻都在捕捉他的气味，仿佛当年精心捕捉自己的独特。之后，我开始忧虑未来的、漫长的婚姻生活。我以为自己曾经虔诚于一场稀有的仪式，如今发现自己面对着一场巨大的未知的可能。不知道这可能降临时，我应该呐喊还是沉默。我像失贞一样，失去选择任何一种态度的权利。

我发现自己生成了一种新的气味，同时，发现自己的嗅觉开始迟钝。药水的味道加上汗味，还有那暗疾的味道，三者混合起来的新产物，陌生得让我几乎无法分辨这算不算异味，是不是应该抹药、应该洗澡。我忧虑地发现自己的每一件衣服都散发着这种莫名的气味。之前，从没有同学当面提及我的体味，但是现在，越来越多的人对我说："罗素素，你身上有股特别的味道。"问及味道难闻否，他们说："不好闻，也不难闻。"

不过，大部分时候，我都很乐观。即使是森然大难，用一生的时间来拉长稀释，也只不过淡薄成一点点日常的麻烦。今年，妈妈告诉我："爸爸现在即使不抹药，也没有什么气味了。"她给我预测了一个光明的未来，但是我现在还迟迟停滞在青春期的末尾。另外，虽然十几年前就知道自己的气味遗传于爸爸，但是十几年以来，我一次也没有从爸爸身上闻到这种气味。如今，当爸爸已老，我彻底不再是当年漂亮、骄傲、活泼的女孩子，而是变得平庸、胆怯、孤僻以后，这一点一直让我感到孤独。

那些浪费的时光和生动的爱

妹妹

我已经有三年没有见过妹妹了。三年前那次见到她是正月，我带着出生六个月的宝宝回娘家小住。当时，妹妹也在。因为与宝宝是第一次见面，她先往宝宝手里塞了一个红包，然后向我笑了笑。

“姐，跟姐夫还好吧？”她问。

“还好。”我说。

“新房子装好了？”她又问。

“嗯，装好了。”我说。

那几乎是我们唯一的对话。随后，我们有些沉默了，一起凝视宝宝伸出的胖胖的手掌，宝宝手里捏着红包笨拙地舞动。然后，我开始陪前来拜年的亲戚聊天，她如我们从小一起度过的许多假期一样，把自己关进了书房。

哦，不是，那并不是我们唯一的对话。过了两天，妹妹准备走了。临行之前，我去书房看她打包行李，她送给我一本书。她说这是她的第一本书，年前才出版。封面差不多是纯黑的，印了几个白字——“国王的信使”。我翻开书，发现一般会印作者照片与简介的地方，只有一段简介，没有照片。妹妹笑笑，说：“我的照片都不好看，没必要放上去。”

“你现在挺好看的啊。”我说。

“我知道，”她抿抿嘴，“不是因为这个。”

妹妹如今已经挺好看了，这是真的。她瘦了许多，女孩子只要瘦了，其他都不变，也会好看不少。另外，她的痘痘也很少了，用粉底稍加修饰，也比青春期时光滑许多。

最主要的是，她的气质变了。时间总会给一部分女人带来这样的变化，让你逐渐觉得她们陌生，但这陌生是一种向上的陌生，仿佛看着她们在自己的路上走得远了，你做一个远远望着她们的目送者，也没什么。

我问："你还在杭州？"

她说："我现在在上海。"

这就是我们最后一次面对面说话。此后三年，我没有再见到过她，因为我婚后离娘家挺远，只有过年回去住几天，而妹妹一向排斥挤入春运大军，都是在平时择个时间回家看看。三下两下里错过几次，三年就过去了。

平常，妹妹是从来不会打电话给我的。我打得也很少，几个月一次，或者更长时间。我大多是从妈妈那里听到有关妹妹的信息：她最近又在写稿子了，又过起一天从中午才开始的生活了；她在跟一个男人交往，但不肯承认是恋爱；她剪短了头发；她开始跑步了；她冬胖夏瘦。

我妹妹今年三十岁。我了解父母的三十岁，了解两年前我的三十岁，也了解一众堂姐、表姐妹的三十岁，但我想象不出妹妹的三十岁。她是我最亲的人之一，但她也是我最陌生的人。

最初的不亲近是因为什么呢？我能记起最明显的原因，是她长得没有我好看。我们的父母都是中等之姿，各自有优缺点。亲戚们都说我命好，奇迹般地继承了父母的种种优点而绕过了大部分缺陷：我长了爸爸的好头发、高鼻梁、瓜子脸，妈妈的大眼睛、白皮肤。我比妈妈瘦且身量更高，但妹妹不是。我最初见到她的时候，她才五岁，已经显露出日后令她耿耿于怀多年的若干缺憾了：矮而胖，黄巴巴的一小把头发，一张大得和脖子不相称的圆盘脸上，是一双有些浮肿的单眼皮小眼睛和几乎没有鼻梁骨的小扁鼻子。

我和妹妹没有一起度过幼年时期。我只比她大两岁，她出生的时候，我一无所知，然后她就被送到乡下，由我们的奶奶抚养了。这些是妈妈后来告诉我的。妈妈还告诉我，他们别无选择，因为他们是双职工，一定要将妹妹藏好，不然会有丢掉公职的危险。那个年代，铁饭碗比什么都重要。

他们当然想过把妹妹打掉，但西药吃了两次，中药喝了一次，妹妹始终在肚子里存活着。又耽搁了一阵子，就错过了打胎的时间，不能再冒险了。爸妈想，也许与这个孩子就是有断不了的缘分呢？于是，妈妈躲躲藏藏地把妹妹生了下来。妈妈喂了她一个礼拜的奶，然后奶奶就把她包在当初包过我的小棉被中，放在一只菜篮里，带去了深山中的老家。

“饿啊。”妹妹说。她刚上小学那会儿，性格还比较随和。我问妹妹在奶奶家生活是什么样的，她每次都对我说：“就是饿。”

“你奶奶家饭肯定有吃的，但农村没有零食吃啊。”我问妈妈是怎么回事，妈妈说。

这个我知道。我去过奶奶家，在那里，想买一包五毛钱的方便面都要跑一段又长又窄的山路，必须要有大人带着。而且，奶奶家并没有我家客厅里的那种小抽屉，里面不时放着几个硬币，让我们在童年那些百无聊赖的下午可以购买些零食，来满足一点味觉上的享乐。

于是，在我和妹妹最初的隔阂中，除了容貌，就是吃的东西。印象最深的一次不愉快，发生在我小学五年级时的暑假。那个夏天，我回老家待了挺长一段时间，妹妹没有回去，因为她不喜欢回老家（她那时已经不喜欢很多地方了，除了老家，还有学校、邻居家、小区旁边的公园。她只喜欢植物园和动物园，可以在这两个地方一待就是大半天，在那里看花或看动物）。等我在老家玩腻了，妈妈就把我接了回来。那天中午，爸爸做了一大砂锅他最擅长的炖鸭子迎接我们。我很愉快地吃了一顿，但是妹妹看上去就不太高兴，吃完了她那只鸭腿，还要来抢我的，被妈妈制止了。她气鼓鼓地坐在那里，饭没吃完就扔了筷子。饭后，我要睡午觉，她跑进我们共同的卧室里，把我床边的小风扇拿到她床边不给我。爸妈怎么劝也没用，爸爸就往她头上崩了俩栗凿。

爸妈很少打我们，要打，一般也是打妹妹。这跟其他有姐妹的家庭好像不太一样。个中原因，主要是妹妹的脾气比我倔一些、古怪一些，容易跟爸妈顶嘴。不过我也知道，爸妈确实喜欢我多过妹妹，我和妈妈更亲密一些。从小，我就有个习惯，晚上睡觉之前，一定要趴在妈妈温暖的肚皮上和她聊会儿天。我喜欢跟着妈妈做手工、织围巾、烧小菜，把画好的小画儿拿给她看，因为我知道，妈妈永远会疼爱我，既疼爱我做得好的地方，也疼爱我做不好的地方。但妹妹没有这个习惯，凡是我和妈妈亲密的地方，她都不会涉足。比如，我手工好，我做手工的时候，妹妹就去扫地，把地扫得干干净净，等着妈妈的夸奖。我喜欢画画，妹妹就看书。她特别爱看书，不到十岁，她就把父母书柜上那些八十年代出版的“大部头”翻出来，一看就是一整天。她的作文本上分数永远接近满分。她以一种志在必得的神气把作文本拿给妈妈看，在妈妈惊讶地说“你写的比初中生还好”的时候，她露出宁静而满足的微笑。这个场景，也是我印象很深的。

我妈妈是一个热情、乐观、擅长理家处事的人。记忆所及，只要是她经手的饭菜，没有不好吃的；她整理的床铺，一定柔软舒适。有她带着我们去串门，那天一定其乐融融。妈妈在生活上对我们姐妹俩一视同仁，所有东西都是一模一样的。到了中学，妈妈先为我陪读，然后为妹妹陪读，没有任何偏袒。后来，我们长大了，妹妹也说：“妈对我挺好的，我没得说。”

但爸爸，是不一样的。这一点，我自己是有了丈夫、做了母亲后，才明白的。男人对待女人的态度，往往不是取决于女人本身如何，而是取决于自己所付出的感情的分量。无论是丈夫对妻子、男友对女友，还是爸爸对女儿，都是如此。我从出生第一天起就在爸爸的呵护下长大，多年来，一切喜怒哀乐都没有离开过他的关注，但妹妹没有。当她回到我们家时，爸爸给予我们的情感差距，已经是两年加五年——七年。妹妹从一开始，就无法跟我抗衡。

作为小孩子的我们，是纯洁的吗？现在我回想童年，觉得不是。我们会怀有恶意，或者不是恶意，是从进入人世的开端起，就本能地知道人世是不公平的，因此会紧紧抓住对我们倾斜的那端天平，让它向自己倾斜得更厉害些。我一早就知道爸爸喜欢我多过妹妹，我便更加娴熟地让爸爸满足我的各种私心，而又让他不觉得我不懂事，而妹妹性格中那奇怪的倔强，早已和爸爸同样的倔脾气无法相容了。

现在回忆这些往事，在这一点上，我真的感到了内疚。并不是因为我利用爸爸欺压了妹妹（我没有做过这样的事），而是，我从很小就享受着这种差异，却不认为这有问题。甚至，少年时的我希望这种差异一直存在。

回到那午后的纷争来吧。爸爸当时敲了妹妹额头两下，我觉得他主要是出于教导而不是惩罚。但随后的事出乎我们每个人的意料：妹妹挨了两下之后，先是恨恨地盯着爸爸，然后把我的小风扇往地上一掼，冲向爸爸，抱住他的腿张口就咬，一边咬一边拉开嗓子号叫，像一只凄惨的小狼。

我从来没有从一个小女孩口中听过那么歇斯底里的声音，简直是势要与爸爸同归于尽的样子。爸爸疼不过，使劲拔着腿，试图把她架起来按到一边，但无济于事。直到我和妈妈回过神来，一起上前才把妹妹扯开。扯开之后，妹妹仍然在发狂，挥舞着又短又壮的胳膊，把枕头、毛巾被、床上的所有东西都扔到地上，把席子也往地上扯，放在脚下踩。我们三个人都看呆了，一致暗想：没有人能管得了她，只有让她自己发泄完吧。于是，我们全都站在一边不吭声。

十分钟后，妹妹发泄完了，喉咙也叫得嘶哑了。她慢慢爬到拖在地上的席子上，侧身躺下，呜呜地抽噎着。妈妈走上前，想把她拉起来，但刚一碰到她的肩膀，她立刻剧烈地抽搐了一下，妈妈只好缩回手。我们互相交换了眼色，悄悄退出门去。半个小时后，我们回来，看见她已经睡着了。

这个爆炸性的事件因此有了一个十分安静的收尾。那天，我有没有睡午觉，我不记得了，后来，妹妹的床是谁收拾的，我也不记得了。我能记得最清晰的一幕是，妹妹趴在地上，抱着爸爸的腿撕咬的情景。

好多年后，我才迟迟地感到了难过。爸爸有没有为此难过，我不知道，他一直保留着炖鸭汤迎接我回家的习惯，无论是我念书归来、工作归来还是从夫家归来。他有他自己炖鸭子的技巧，提前一天晚上无论有多重要的应酬都要提早回家清理鸭子，不让妈妈插手。当他后来逐渐变得寡言少语以后，他的鸭汤就成了他向我表达情感的唯一不变的方式。我从没有问过他，也没有问过妹妹，这份炖鸭子有没有出现在他们两人之间过。以前是故意不问，后来不好意思问，再后来，就发现不知从什么时候起，这个问题已经无法开口了。

爸爸是一个内心沉重而孤独的人。他年轻时，因为少年意气，这一点还不怎么明显，有时也很活泼健谈，同事和朋友们都觉得他是个外向的人。妈妈与他同床共枕二十年，也没有看出来，所以后来，她不断问我："你爸爸是怎么回事？怎么回事？"起初，我也以为，爸爸是被应酬与工作消磨了太多精力，所以不想多说。

后来才发现，爸爸不是变了，而是因为人到中年的疲倦，他比以往任何时候都更接近自己最真实的性格。他开始极少给我打电话，只催着妈妈给我打；如若我不主动找他说话，他很难跟我聊天超过十句；让他跟我一同散步、拿起手机跟他一起自拍、问他想要什么生日礼物，都好像是会让他尴尬的事情。我知道，在我的家中，日常的亲密友爱在我和妈妈的关系中体现出来，除此之外，还有一条沉默、封闭、孤独的血脉，它如今延续在爸爸与妹妹之间。

从"小妹发狂"这件事起，我跟妹妹，从一开始隐隐的隔阂，开始真的逐渐疏离了。我不喜欢她喜怒无常的脾气、莫名其妙的怪癖，比如，她动不动就把自己关在房间里，动不动就不理睬别人，故意说些惊人之语。我觉得我没有义务讨好她，我也不需要她。

在学校，我是班上女生的领头人，只要我愿意，每天放学后都能叫上七八个女同学到家里来玩。她不喜欢我事事占先、呼朋唤友，以及越来越明显地，她不喜欢我比她好看。小时候，亲戚们说她没我好看的时候，她还会愤愤地反对，现在她大概明白了，她没有我好看是真的。

她开始拒绝穿我穿过的衣服，排斥跟我一起照相，也不在学校里跟我有任何接触。她只和不多的几个小伙伴玩，总是穿着宽大的校服或运动装（因为我喜欢裙子），用越来越多的时间躲在书房里看书，写一篇又一篇日记（也可能是作文）。我当时因为骄傲，极少看她看过的书，更不看她写的东西。后来，在一次搬家中，我们的小学书本全部卖掉了，一点也不剩，我再也不可能知道妹妹当时写过什么了。

我们姐妹俩的成绩都挺好，一直是前几名，在这一点上倒是都遗传了父母的聪明劲儿。小学的时间是懵懂而轻松的，总体来说，我们都还各得其乐。后来，我们陆续上了中学，功课一下子变紧，我们更难有同进同出的机会。于是，那种疏离渐渐就成了符合日常作息的一种习惯。有时，我们可以稍微聊聊天，谈下考试、朋友、老师，但我们都知道自己不是对方的第一倾诉者，也不会是第二、第三、第四个。基本的教养让我们知道，只要保持不争吵、不打架，我们就可以做一对名义上和睦相处的姐妹。这就够了。

后来，便是高中了。那是青春期最关键的三年。青春期真的是一个残酷的考验啊，无论对男孩还是女孩。有些女孩在这个阶段会突然变美、变丰盈，好像一下子就被邀请进入一个永远春暖花开的季节。如那句诗所言：你多美啊，请停一停。开学一个礼拜，我在一个男孩给我的情书里看到了这句诗。

那时，我只知道我漂亮，可作为一个少女所拥有的美究竟是什么含义，是被这个男生启蒙的。青春期对我是温和多情的，我有很多朋友，成绩依然优秀，所以老师对我与男生的暧昧一般也保持沉默。我的肌肤仍然光洁，跟童年时没什么不同，身体却在悄悄地改变着，在没有怎么注意到的时候，已经有了一副轻盈匀称的少女身段。

但是，妹妹就没有那么幸运了。妹妹见证了青春期的另一面，至少是生理上的另一面。先是长痘。她刚上初中，额头就开始冒出一些红色的小点，红点变成白点，挤破之后就留下一个红红的肿块。这肿块半个月会消去，但总有新的点点与肿块出现。再后来，鼻头、下巴、脸颊也开始长了，甚至长在脖子与肩膀上。

因为妹妹的发质不好，所以她始终扎着最简单的马尾辫，一张圆圆的大脸上，痘痘便一览无余。妹妹当然着急，催着妈妈给她买了不少祛痘的东西，洗的、抹的都没有用，痘痘反而愈演愈烈，甚至不长痘痘的皮肤也开始变得粗糙发红，很像爸爸的皮肤了。然后从初三起，她开始发胖。这一年，妈妈在学校附近租了个房子陪读，好让她专心上学。妹妹减少了每日活动量，等中考结束，整个人明显胖了一圈，大腿变得特别粗，只有那种老式大筒裤才能塞进去，再在腰间扎一根普通的革质皮带。上身自然只能穿宽大的衬衫，加个运动外套，脚上套一双运动鞋。

其实妹妹高中那个样子，算不上好看，也不能算丑。有很多十几岁的中国女孩都是这样的。从没有人教她们发现自己的美，或者培育自己的美，所受的教育无非就是：爱美是和学习相抵触的罪过；太美和堕落只有一步之遥；吸引异性是见不得人的事，只有不自爱的人才会沉溺其中。我一直疑心那是某些中年人的嫉妒，他们的青春因为种种原因被浪费了，所以他们仇恨少男少女的青春期。

我初中时的一位班主任便是如此。他把一个爱美的女生拉到讲台上来肆意嘲弄，让她的眼泪滴到自己精心挑选的裙子上。他这招很有效，此后这个女生很长一段时间都会穿着最陈旧老式的衣裤来上学。我知道，我纯粹是因为成绩好而逃过了这种伤害，我能穿一穿喜欢的裙子，偶尔梳个漂亮的披发。不过，即便我成绩不好，我想我也会穿的，因为我从很小就知道，我的美丽是应该被尊重的东西，不需要为此遮遮掩掩。

但我也知道，拥有这样的坚定，是我的幸运，并不是每个女孩都有这样的运气。

妹妹最胖的那一年是高三，那时候，我已经上大学去了。我寒假回家，她大部分时间都在学校补课。短暂的重逢里，她看上去还是往常的样子，只是加了一副眼镜。大概是因为睡眠不足，她身上的痘痘仍旧比较厉害。不过，她心情还可以，每次模拟考试都是班里第一，与我的话也稍微多些。她见我打扮得愈发秀丽，便问："你谈男朋友了吗？"

我摇摇头。高中时的那个男友，一上大学就分手了。现在向我示好的男生中，我还没有中意的。

妹妹没有再说什么，径自到屋里做作业去了。但我已经看出来了，她有喜欢的男生了。

妹妹暗恋男生——我为什么一下子能判断出她是暗恋，凭的是女生那种残忍的直觉——我并不担心。我知道她不可能闹出我初恋时那些悸动又浪漫的事来。我为什么知道？也是凭女生那残忍的直觉。等暑假回家的时候，妹妹已经高考完了。她考得没有平常成绩好，但也足够上一所好大学，但她还是有些失落。我也是凭女生的直觉，从她的失落中分辨出另一种更深、更隐秘的失落，那是女生只有在十几岁时才会怅然承受着、独自消化着的失落。

妹妹还是挺有勇气的，她向那个男生表白了，在高考后。这是许多年后妹妹告诉我的。男生平常对她不错——“很尊重”，所以她才敢发短信表白。那是她第一次用手机，用的是朋友的号码。同时，她轻描淡写地对我说，“男生立刻拒绝了”。我想她在表白的时候，就没有想过他会答应吧。妹妹属于这一类女生，她从来没有学到如何与人随意地相处，如何享受自己女性的身份，如何与男生接触而又保持那一份退后的空间。她知道自己不会，所以她从来不在这青涩的世界里抱有希望。她敏感、倔强、自尊、脆弱、聪明、孤独，这些令她早已慢慢凝结出一种像玻璃罩一样的气质，让人或许会欣赏她，却很难想上前与她说话。

世界上人这么多，每个人的目光在她身上短暂停留之后，都能迅速找到另一个人说话。

但妹妹没有被这次失败的表白打倒。而且，因为高考后压力一下子变小，休息也充足，她的痘痘很快就好多了，加上那个夏天她瘦得很明显，我们都觉得她突然变好看了。等到男生的影响淡去，我能感觉到，那真的是妹妹许多年来身心最轻松的日子。的确，她才十八岁，又考上了好大学，生活中一定有许多可以憧憬的东西。我自己也上过大学，所以我知道。

我的本科与研究生都是在同一所大学里念的，整整七年，生活基本上就是学习、当学生干部和恋爱。跟高中男友分手后，我又谈过两次恋爱，男友都是在做学生干部工作时认识的。三次恋爱三次分手，我并没有那种失恋后翻天覆地的体验，还是挺平静的。

这是我最大的特点：我有一种奇怪的持之以恒的能力。我的一切，无论是性格、爱好、习惯，还是好朋友的数量、谈恋爱的节奏、说话的语气都和中学时差不多，乃至我的饭量、体重、发型都保持了许多年没有变。好像我的世界观从少不更事起就在身体里奠定好了，此后，我只需要按照它来选择生活、选择男友，没有什么需要特别踌躇的地方。第四个男友就是如今的丈夫，是留校当老师的博士学长，我在读完研后就和他结了婚。

妹妹至今没有结婚。我们全家心照不宣，虽然有些忧心，却很少谈论这件事。

妹妹的大学生活到底是怎么度过的，我也不是很清楚。她曾经告诉我，她最可怕的时光是在大学里经历的。这最可怕的时光，大约是指她最胖的那段时间吧。第一个学期结束，她放假回来，胖得像变了一个人。她按门铃，我打开门，第一眼看到她的时候，我吓了一跳。几个月不见，她紧紧绷着羽绒服，整个人更显粗短，风帽里露出的脸颊又红又肿，全是大痘痘。但我没有作声，我们已经很多年不再评价对方的任何事物了。

那个冬天，就是那个常下暴雪的冬天，半个中国都在与大雪抗争，原本诗意的雪成了危险而令人烦恼的东西。妹妹就在那个寒冷的冬天里从未有过地时常哭泣，像是内心有一颗原子弹静静地爆发了。她会避开父母，但不会避开我，因为她知道我不会追问。

我看见她看书看着看着就哭泣，看电视看着看着就哭泣，借我的笔记本把自己关在屋里写东西，写完了把笔记本还给我，那键盘上好像还有没擦干净的眼泪。妹妹在这个冬天真的不好看了，身材、皮肤都在其次，而是半年前还有的那种天真与灵气如今完全被浓浓的茫然与痛苦掩盖了。原先，她容易给人以距离感，如今她完全将自己封闭起来了。

我见过爸爸与她深夜长谈，见过妈妈带她出门散心，我也在网上搜索过关于抑郁症的资料，但这又能怎样呢？即便我们是她最亲的家人，在这种事情上都无计可施。人和人从根本上是不会关注对方的精神困境的，我们只能关心与他人的联系，两颗心中间的那段桥梁。而妹妹，因为拆毁了这座桥梁，没有人会真的去看她的心。整整一个寒假，她没有出门见任何人。

这就是妹妹说过的最糟糕的时光。它持续了大约两年。我们都劝她多出门走走，找同学玩玩。她答应着，却并没有行动，或者随便想出一两句话来反驳我们。她本来脾气就不是很好，这段时间更是容易烦躁。我们若和她争执，她就哭，就把自己关进房间里去。几次下来，我们都不敢，或者说实在懒得跟她争执了。爸妈对她唯一的期待就是大学不要挂科，能正常毕业拿到毕业证。我对她——其实没有期待，因为那时我正和第三个男友热恋，每个礼拜他都会给我送花。

这段艰难的日子终于在她二十岁那年夏天结束了。四年大学过去一半，妹妹虽然还是不爱出门，但大多时候看上去状态还不错。只是她的神情变得呆滞了许多，常常一家人吃着饭、聊着天，她就盯着一个地方，眼睛发直起来。我们起初还会诧异，追问她在想什么，后来我们都见怪不怪了，随她去发呆。她这个习惯便一直保留了下来，直到我最后一次见她也是如此。

妹妹的生日是农历霜降。这一年十一月，妹妹过生日的时候，我寄了一对玩偶给她。出乎我的意料，她回了我一封手写的信，那是我们唯一一次手写通信。大意是说，她一直在压制着自己的真实需求，现在她发现她要做的事是写作，这令她非常开心，感觉整个世界都豁然开朗了。整封信写得颇有文采，比我上一次看她的作文进步了许多。在信的末尾，她写道："与岁月和解，与时光干杯。"

那个时候，我真的挺为妹妹高兴的。虽然我们并没有多少默契之处，但多少年来，我是真的希望她有更多好运气，能补足她曾经的不快乐。那也是我第一次对这个妹妹生出一点歉疚感，感觉自己没有尽到做姐姐的责任。中间有好些年，我都快忘记了她比我小两岁的事实，而觉得她是我一个熟悉又陌生的同龄人。其实不只是我，很多陌生人第一次见我们时，都不太能分出我们谁是姐、谁是妹。他们说，“你妹妹看上去不像是有姊妹的人”。妹妹确实像是一个独自长大的女孩，但又不是那种独生子女，我也不知道该怎么形容，总之，她并不像一个妹妹，我也因此不像一个姐姐。

那段时间的妹妹，年龄上其实仍然是孩子啊，但她突然就兴致勃勃地像个作家一样生活了。我研一寒假回家，看见她像复习迎考一样地写作，所有完整的时间都在写作，零碎的时间就看书。

她蜷起腿、挺直背、眉头微拧，对着电脑噼噼啪啪打字的形象，基本上就是我想起妹妹时会最先浮现在脑海里的样子。我们都蛮喜欢她做这些事的，因为她写完一篇东西会很快乐，愿意跟我们说说笑笑。妹妹甚至开始开自己的玩笑了：“要让我学会化妆打扮变成姐姐那样的美女，比再写一部《红楼梦》还难！”我总是说：“不会呀，女大十八变。”她笑着，不肯相信。那时，她体质好了些，也瘦了一点，但她真正脱胎换骨变成文艺青年式的瘦子，还是几年后的事。

这是我和妹妹相处最融洽的一段时光。我能感到妹妹重新交朋友、恢复正常生活的努力，也感到她在这些事中确实收获了喜悦。看着她博客上展示的与朋友们一起吃饭、一起游玩的照片，看她定时书写自己的心事，这些文字从一开始乏人问津到慢慢有了一批固定的读者，我就仿佛看到她如何像一只受伤后复原的鸟，重新舒展翅膀，重新飞起来了。

妹妹那两年应该写了不少东西。我有一次问她："你要是写得够多了，会不会出书呀？"她告诉我："出书是够了，但是写得还不够好，等写好了再出，才对得起自己。"在我这种对文学没有多少兴趣的人看来，从"不够好"到"好"的过程应当是相当辛苦吧，但妹妹既然喜欢做这件事，我们也从没有劝她做别的。

我们一家四口全是理工科毕业，除了妹妹，其他人对文艺都没有什么兴趣。我有时还看看小说什么的，我父母已经多年不摸报纸之外的任何出版物了。他们只是不时地叮嘱妹妹把发表了文章的样刊收好，预备着以后找工作可能要用到。妈妈的想法是，妹妹年纪也不大，那就让她尽情写写，等过几年写不出来或者不想写了，再考虑别的出路。爸爸更是把妹妹当成一个任性的小孩子看，他甚至告诉我，他在暗暗为妹妹准备一笔钱，这样做一是补偿她小时候在农村受的苦，第二点，也是更重要的，是防止妹妹因为在写作上付出精力过多而将来遇到挫折。其实，我也有这样的担心。

每每在电视上看到关于成长的故事，我仍会想起妹妹，想起她是我认识的人中生活波动最剧烈的一个。其实虽然我如今在认真写她的故事，但我也并不太明白，她作为一个出身平凡家庭的女孩，为什么会有那么跌宕、那么激烈的成长期，好像她总是在种种路径里选择最辛苦的那条路，总是在各种生活里选择最不平静、最不舒服的生活方式。她的大学经历是如此，她毕业后的生活是如此，她的爱情也是如此。

妹妹的第一个男友是她的大学同学，两人从大三开始恋爱。他是一个典型的理科男生，和我大学时一个物理老师长得还有点像，不只是脸像，那种时不时把胸膛一挺、自认为又帅又抱负远大的神态更像。两人一开始的磨合期很辛苦，总是吵架、怄气、冷战。妹妹在这种时候就会像她小时候那样拒人于千里之外，却又魂不守舍、寝食无味。我跟男友恋爱时，从没有这种样子的，但凡我挂了电话，他们最多半个小时后就会打来，否则我可能再也懒得接他们的电话了。而且，我也很少跟男生吵架，我觉得女生永远没有必要为一个男生满心挂碍，只要你把自己当金枝玉叶，他们所有的自以为是都会瞬间消失。

所以，有一次我看不过去，打电话问妹妹："你是不是一吵架就跟他说分手？"

妹妹说："是。"

"你觉得这样好吗？"我问。

妹妹沉默了一会儿，然后道："我知道这不对，但一吵架的时候，我就觉得一切都完了，什么都没有了，只有分手了。"

"等熬不住冷战了又去找他？"

妹妹不吭声。

"你怎么这么轻贱自己呢？拿出点刚性来啊。我记得你小时候有一次跟爸爸抗议，直接冲过去咬他呢，把我们一家人都镇住了，你那时候的勇气怎么现在没有了呢？"

"你们总是跟我提这件事，可我真的记不得我干过这样的事。”

“女生跟男生相处，态度要软，身段要硬。好的时候就温柔似水，如果不高兴，做自己的事不要理他，也不要提分手。你记住这个原则就行了。”

妹妹没说什么，但她随后发短信对我说：“姐，你一直是很明智的，但我做不到，也没办法用原则来恋爱，我还是跟着我的心走吧。”

我也没有再说什么。跟着心走就跟着心走吧，原则是清晰有效的，心则是模糊不清的东西，要等心变得像原则一样清晰，恐怕还有很多苦要吃。果不其然，后来，妹妹跟那个男友又吵了很多次架，闹崩了很多次。有些时候，我觉得他们不可能再继续下去了，却又看见妹妹喜笑颜开地去接他的电话了。这只限于我看见的，我所没看见的时候，纷争可能更多。

就在这磕磕绊绊的恋爱里，妹妹大学毕业了。妹妹没有考研，找的工作在广州。她男友则在北京读研。这个男生去北京前第一次来我家，两人关系很好，恋恋不舍。我们当然诧异，为什么两个人并未分手，却要奔赴完全相反的地方，这样不是徒增辛苦？这是妹妹年轻时所做的选择里，我最不赞同的一个。几年后，她才告诉我，原来只是因为一个最简单的原因：签下广州公司的那段日子，她在与男友吵架，她赌气发誓绝不与男友去相同的地方；之后两人关系又改善了，而此时为时已晚。

因为这个令人哭笑不得的原因，妹妹随后迎来了她有生以来最动荡不安的时期。她先去了广州，因为“广州应该是个好地方，还是去看一下，而且我从小就喜欢南方”。两个月后，她突然辞职，拖着沉重的行李一路北上去北京。在北京生活了三个月之后，她再次辞职，搬去好友所在的南京。在南京过了半年，她又辞职，回家里待了一段时间，然后又到北京。又过了半年，她又离开了北京。

在这种颠沛不安里，我们很少有见面的机会，偶尔打电话，也只是日常寒暄，两个人都避免讨论生活中真正关键的东西。我辗转了解到那个男生已经申请读博，导师颇看重他，还预备让他出国。这么些年，他安稳地读着书，没有因为妹妹而变动过任何计划。在那个时候，我真的对这个男生有厌恶之感。我知道这是两人个性的差别，他比我妹妹聪明务实，而妹妹太感性、太天真。我知道妹妹的所有决定都是自愿的，让这个男生有意无意地避开了每一份责任，但正因为如此，我更加讨厌他。

妹妹就是在这段时间里彻底变瘦的，一年比一年瘦，虽然还是个大脸，但拿一张十年前的照片一对比，真的有判若两人的感觉。除此之外，她也性情大变，变得情感丰富、随心所欲、享受人生。以前，她从不化妆打扮，现在她不停地买化妆品和衣服。她还时常独自跑去另一个城市，只为找朋友吃顿饭，再在深夜独自回去。不时能看见她在博客里上传照片，她真的是比以前好看很多，有些装扮还令人眼前一亮呢。而对爱情，更是如她说的，“跟着我的心走”，且更为激烈、坦白，坦白到可以因为爱或不爱而将生活连根拔起。

妹妹就在这段变动不定的旅程里长到了二十五岁。这一年，她终于跟那个男生分手了。在我看来，这个决定是对的，只是做得晚了些。分手之后，她搬到了杭州住，据说这个美丽而明亮的城市适合心灵的疗愈。那段时间，我有个去杭州出差的机会，就去妹妹那里看了看。

傍晚，她领我去西湖。即便是工作日的晚上，西湖边也是人头攒动。我们排了“外婆家”的号，等了一个多小时，终于吃到了说不出好坏的西湖醋鱼和东坡肉。妹妹对我说，旁边不远有家“金橘”，同样的菜要便宜一点，人也少一点，但是，“既然是两家餐馆，总是不一样的。‘外婆家’有‘外婆家’的味道，你不去尝一尝，就会总以为‘金橘’跟它一样的”。

我笑道：“这是你现在的人生观吗？”

“算是吧。”妹妹笑道。

那天，我的心情很复杂。复杂到如今除非必须出差，我再也不想去杭州，因为我清楚地记得那天心情的变化：最初的相见其实挺开心，我们都表现出最大的礼貌与温情来享受与亲人的重逢。

但渐渐地，我们好像有点疲惫了。时间在我们身上呈现出逆流，一小时一小时过去，我们却在飞快地回到少年、童年。等到把饭吃完，往日那最初的隔膜分明又横在了我们之间。那真的就是不可能跨越的隔膜，少年意气都解决不了的沟通问题，人过了二十五岁，更不可能解决，我们只会微笑着装作视若无睹。这种感觉其实挺令人有挫败感的，好像我们费力地读了那么多书、走了那么多路，却没有一点长进。于是，我只好动用成年人另一种虚伪——将这种不快迁怒于地点。

那晚，在她刚收拾好的套房小间里，我们有默契地分睡在一张床的两头。拉灭灯后，我们聊了会儿天。也许是黑暗让我们彼此放松，我终于能够对她说："这些年，你折腾得真是有点迷路了。现在已经分手了，我劝你一定别回头，不要再四处乱跑，好好过日子。你现在二十五了，保养得好的话，到三十岁也不会变化太大，但如果不保养自己，女人的青春真的是很短暂的。"

妹妹在那头说："就在我们人生旅程的中途，我在一座昏暗的森林之中醒悟过来，因为我在里面迷失了正确的道路……"

"什么？"我忍耐了一会儿，还是打断了她。

"但丁《神曲》的开头，"她说，"很美吧？"

我不答。她便兀自说下去："……我说不清我是怎样走进了那座森林，因为在我离弃真理的道路时，我是那么睡意沉沉。"

妹妹租的房子在二楼，屋宇沉沉，我仰面躺着，静静地听着。这是我和妹妹之间从未有过的时刻。一束夜车灯光扫过墙壁，一瞬间的明亮里，我好像明白了一些东西。

这几年，妈妈一直希望妹妹早些找个好工作、好人家，爸爸坚持视妹妹的一切行为均是顽固的幼稚，然而，妹妹其实已经走得很远了，远远超过了我们可以安慰与旁观的范围。但是，一个人要幸福，就不能跑得这样快啊，幸福本身更青睐那些变动不太多的人。我甚至有种预感，妹妹的迷路不是为男友上下奔波的那段岁月，妹妹真正的迷路才刚刚开始。

翌日早晨，我预备离开。我收拾行李，妹妹收拾房间，然后我们一起出门。在楼下等的士的时候，我微笑道："你都不留我多住一天吗？"

我这句话其实是玩笑话。我以为妹妹会开个玩笑滑过去，但我看见妹妹的脸上变了色。那一瞬间，妹妹的面容好像突然变小了，小得能透过变化明显的脸庞，看到当年那个胖而粗糙的中学女生。那时，她真的不好看，那时则是我最水嫩美丽的时候。但我们都早已进入成人世界了，我手指上的婚戒已戴了一年。

"没办法，我这两天要忙面试啊。"她说。

在离开杭州的动车上，我百无聊赖地打开手机刷屏，习惯性地点进妹妹的博客，看见她在我走了大约一个小时后更新了一篇文章。文章很短，只有几句话：

曾经，我的心里有一个硕大的黑洞。多少年来，它一直从幽暗的深处对我说："无论你做什么，你终将被所有人厌弃。"除此之外，我的心里其他的地方都是脆弱的白色。

以前，我不明白为什么别人看上去都是那么轻松，不像我，拖着一个自我折磨的、沉重的黑洞。我以为通过努力写、努力爱，可以让黑洞慢慢消失。但我渐渐发现，黑洞存在了，就不会消失，我最多只能将它与其他地方融合成一片灰色。

我的心是灰色的。我不想再勉强靠近那个只有明亮颜色的人的世界。不是厌恶他们，只是我不愿意，但我用最简单的方式祝福他们，像他们如此对待我。

看到这篇短文，我的反应是什么呢？我自己也不理解——我竟笑了起来。长到了快三十岁，我对自己的美丽与诸事顺遂已经有些麻木了，倒是这有点压抑的时刻令人有些奇怪的享受之感。我的目光没有过多在这篇短文上流连，而是移到了手腕上一串红色小珊瑚珠上。它是妹妹去年送给我的结婚礼物。我没有问她多少钱，也许很便宜，也许很贵。我经常戴着它，比同期置办的其他首饰戴得次数都要多。但每当我注意到它，总觉得它是我特意戴上的，跟我的生活有些出入。我一直不太明白这是怎么回事。

但在那渐渐远离杭州的动车上，我明白了。当我们很小的时候，小小的女孩儿最喜欢这样鲜正的红色。我们会用许多个下午在大地上寻寻觅觅，只为能多摘下一颗令自己满意的红色果实。后来，女孩子们逐一长大，逐一忘记了小时候那些红色的憧憬，转而将注意力移向比红色小手串更复杂也更容易获得的东西，但妹妹却将它保留了下来。她从没有走完童年，她将自己留在那旷野里，一直寻觅下去。

可这又怎样呢？只要她能养活自己，不伤害自己，谁又能看穿她的心底到底飘着什么样的迷雾呢？哪怕是她的家人。妹妹已经猜到了我的反应了，我确实只能给她最简单的祝福。

那是我倒数第二次见到妹妹。最后一次就是我一开始提到的过年那一次见面。她送给我的那本书，一直搁在我家的书房里，我没有看。也不是没有尝试过，但每次打开看个三两页，就被文字的晦涩给阻住了。何况，我也越来越忙，上班，带孩子，难得有空闲，也想去健身美容，书房从来没有作为书房用过，将之称为储藏室倒更合适。

我想不会只有我一个人有这样的感觉：一旦告别少女时代，时间好像过得特别快，许多以为会记忆终生的事情，竟很快便成了费力才能忆起的影子。但每想起妹妹，我还是衷心地认为：她是我见过最了不起的人。不是女人，是人。不过，我还是庆幸自己和她有着完全不同的人生，我也不希望任何一个我爱的人走和她一样的路。也许有一天，我们会彻底地无法互相理解，而那大约才是我们真正互相和解的时刻。

那些浪费的时光和生动的爱

哥哥

我没有想到会在大学同学的婚礼上看见秦晖——晖哥。我一直以为他还在北京工作，距离武汉千里之遥，轻易不会再在这里出现。因此刚认出他时，我简直有些恍神，但那分明是他。他坐在酒店另一方的角落，在一群我全然陌生的中年人之间，不可能是别人。

算一算和晖哥相识的年月，如今他应当有三十出头了。不过遥遥一看，他大概还是大学时的面貌，并未发胖，只是肤色黑了一点。他还是爱穿衬衫，只是那衬衫，从曾经熟悉的米色细格，变成了我不曾见过的灰蓝色。

今天是“五一”，二十四摄氏度的气温，下小雨，热中微冷。新娘攥着一束香槟玫瑰正在门口迎接最后一拨客人。许多桌上的瓜子已经换了一盘，许多一次性桌布已经开始不干不净地卷起，武汉口音越来越热闹，终于覆盖了普通话。我们十来个老同学坐在墙角桌边，寒暄了该寒暄的话语，打趣了该打趣的情侣，渐渐就安静了下来，等婚宴开始。只是于我而言，自从发现了晖哥也在这家酒店，这安静就不再是因为无话可说，而是……

而是什么呢？我也不知道。那一刻，我有些沉浸于回忆。那回忆于我，就仿佛外面春末夏初的小雨，明明沾湿了地面，却好像不留痕迹。

那个时候，看见那件米色的、布满细细格纹的衬衫，就会心安一些。

那个时候，我会和那瘦而高的米白色身影一起在校园里走路。有时，我稍稍落后他一步，望着他比我高许多的后脑勺，就像是他在领着我走，我在后面乖乖地跟着他。

而并肩的时候，我总悄悄瞥过眼光，看他的衣襟，看他摆动在腿边的手。他的手比我的手大一圈、瘦一些。我时常在心里偷偷希望这只手会向我伸过来，拉起我的手，一起走路，但是从来，从来不好意思说。

那个时候，我多想有一个人牵着我的手啊。最好是一个男生，一个让人信赖的男生，就像晖哥。牵着我十八岁的手，走在春夏秋冬的校园里，走在湿润有风的林荫路上。拉手也不是为了证明什么，只是，如果他愿意拉着我的手走一些路，我一定会更快乐一些、更幸福一些。在任何时候想起那段时光都能悄悄地笑起来，觉得那暗淡而沮丧的日子，充满无数迷惘的十八岁的日子，也并不是那么毫无光彩。

那一年，我十八岁，刚进大学读大一。晖哥那时上大四。我们相识于学校里的运动会。我参加院大一女子接力跑，他参加大四男子接力跑。运动会之前的那个初秋，每天早晨六点半到七点半，我们都要在操场上集合训练。晖哥负责点名，因此不久以后，每个新生都认得他了。我对晖哥最初的印象，是他个子不矮，偏瘦，常常穿一条灰色运动T恤与黑色七分运动裤，跑起步来总是卖力又陶醉的样子，仿佛脚下驾着筋斗云。

有一天，他忽然换了装束，下面还是那条黑色裤子，上面却是一件米白色短袖衬衫，远看是单色，近看有暗暗的米色细格子。晖哥把衬衫的下摆掖进运动裤里，显得腰部特别瘦。我有些好奇，当他跑完一圈热身，与我擦身而过时，我问："晖哥，你怎么穿衬衫来训练啊？"

他刹住脚，随意答道："昨天晚上十一点多才回寝室，来不及洗了。"

说完，他就跑第二圈去了。等他跑到操场那一头时，我才忽然反应过来，跟同学笑道："啊，晖哥只换上衣，不换裤子……"

那是我第一次主动和晖哥说话，第一次看见那件米白色衬衫。此后，我记得的便多是与晖哥熟识之后的事了。晖哥当时已经大四，做过很多学生工作，认得的人很多。我跟在他身边走在校园里，时常不过一刻钟的路程，他能遇上七八个要打招呼的人。

"秦晖。"很多人喊他的名字。

"呦，晖哥。"也有人这样喊。

"哎，老秦。"有的女生会这样笑着喊他，因为晖哥的性格比较老成。

我跟在他身边走着，总是懵懵的，看看对面人的脸，一声不吭。很少有人在和他打招呼之后留心多看我一眼，因为十八九岁的我不好看。运动会时的我算是整个大一最好看的时候了，身材匀称，神清气爽。后来，我很快发胖了一大圈，身体也变差很多，脸上总是长痘痘，头发暗淡粗糙，加上经常失眠，脸色看上去总是淡漠而疲倦。我每天都穿着毫无特点的运动装，因为几件好看一点的裙子与牛仔裤都因我发胖而穿不进去了。

这样一个女孩，即便很年轻，也不会为学长、学姐们注意到。或者注意到我总是跟着秦晖，也不会觉得我与秦晖之间的空气流溢着什么浪漫的气息，需要带着笑意盘问两句。

那个时候，我为什么会那样呢？现在想想，源头应该是父母离婚这件事，但在那时，我觉得不是因为这个。高中三年，他们为了我能好好学习，在分居中仍然为我安排了周到的生活，直到我进入大学之后，才和平离婚。平心而论，他们并没有给我带来可怕的干扰，我如何能把罪名加到他们头上？

那一天是十月二十二日，运动会结束正好一个礼拜。晚上九点，我从图书馆看了点书回来，接到了妈妈的电话。她在夜空下遥远的另一个城市对我说："我跟你爸爸的问题处理完了。你安心学习，不用操心别的。"

"要我回去看——你们吗？"

"不用，"妈妈犹豫了一下，"你好好学习，大人的事，你不用太操心……我会把新家安排好的。"

"嗯，我晓得。"我说，又添了一句，"我没关系。我已经十八了。"

挂了电话，我换上运动鞋去操场跑步。这是运动会后留下的习惯，每天都要跑个七八圈才舒服。但是那天刚跑了一圈，就崴了脚，我便一跛一跛地回寝室了。接下来很多天，我留神养伤，没有再跑步。接下来大半年，除非上体育课，我再没有向操场走近一步，因为不想再体验那种仿佛踩在松软而危险的云朵上跑步的感觉了。

那天晚上，每跑一步，脚板震落在大地上，“嘣”的一声，仿佛就有什么珍贵的东西溃散掉一些。

我用了三年时间为自己缓冲这个家将要解散的命运，以为已经做好准备了，可没有想到，真的到那一天，还是会感到那样奇怪。像是被一个看不见的坏人偷偷往身上打了一针，不知道打进去的是什么，只知道那一针药水从此就扩散到每一寸血肉里，不可能再提取出来，让这副躯体、这个生活回到原来的样子了。

养脚伤的那段时间，学校与院系的学生会正在大范围招新。我递交了许多申请书，一跛一跛地参加现在看来傻乎乎的面试。最终，我如愿以偿，成为校新闻部记者、院学习部干事、班里的团支书。这三样工作足以让我接下来的日子除了上课和睡觉，每一个钟头都在校园里跑来跑去地忙活。这正是我想要的。

我因为自己通过了那么多面试而增加了许多信心，心中涌动着一种强烈的“终于独立了”的感觉。父母离婚带来的负能量，终于隐退在热热闹闹的大学生活后面了。

那个时候，我也会遇到晖哥，但还仅限于打个招呼、寒暄两句。晖哥认得学妹众多，对我倒一开始就不错，因为我们老家虽然是两个省，但是地域上很近，也算是老乡了。他好像还请过我和其他几个同学喝奶茶，但是这件事我记忆很模糊，显然那个时候，我还沉浸在学生工作的喧嚣之中。

但是这种热闹只持续了很短一段时间，我忽然就堕入了谷底：我开始嗜吃甜食，害怕饥饿；时常毫无征兆，就彻夜翻覆难眠，早起疲累，午间又精神亢奋睡不着；生理期紊乱，痘痘一片一片地出现在脸上。

很久以后，我有了一些基本的心理学常识，我知道这其实是抑郁症的症状。但那时，抑郁症在普遍认识里还是“矫情病”，学校的心理咨询还是摆设。我动用意志力驱动自己继续去积极工作，但没有过多久，身体与精神的双重负荷开始更加显山露水。我没有办法掩饰我其实不喜欢也不适合学生工作的事实，我不喜欢写新闻稿、参加例会、规划学生工作、和辅导员打交道、给虎头蛇尾的校园活动拍照。我不喜欢传达学校那些巨细靡遗又没有什么实际意义、纯粹为了管束学生活力的规章。我不知道该怎么向同学们的一些散漫的要求说“不”。“你不是支书吗，凭什么叫我们干啊”这种话对当时的我来说犹如坚硬的铁钉，将我的全部精力都牢牢钉在自己寻来的耻辱柱上。

“是你自己要做这些工作的，别人又没有逼你。”

而我，永远，永远不能开口说：“我轰轰烈烈地给自己弄了这么多头衔，是因为父母离婚了。”

怎么办呢？我一边吃力地应付着日常工作，一边苦苦地想。四年才起头呢，该怎么生活下去？辞职？不行，一定会被人嘲笑的。调整心态？我去图书馆找了这方面的书来看，却始终不得要领。一开始与我关系尚好的同学，现在全都疏远我了，路上相逢，他们的眼神只在我身上淡淡地掠过。我也愿意他们疏远我，给我留一点喘息的时间，但是，繁杂的工作让我不得不每天都要和他们僵硬地打交道，点点滴滴的交道里不断发生摩擦。最终，有些同学开始直接表达对我的不满：“我就是讨厌陈子楠，就是要给她找麻烦。”“整天垮着一张脸，以为自己是谁啊！”而我，表情也许尚能应付，心里早已重若千钧。

晖哥这个时候在干什么呢？他是大四的学生，忙于论文和找工作。我们并没有什么交集，但因为一次偶然的机会，我和晖哥有过一次长谈。告辞的时候，他两手插在裤兜里，平静地对我说：“我是你的学长，又是你的老乡，有什么不懂的事情就来找我，我能帮你的尽量都会帮你。”

其实，这句话很多学长、学姐都和我们说过，但也不知道为什么，唯有晖哥这句，我记到了心里面。也许是因为，他是少有的，没有对我的发胖和变丑提一个字的人。

后来，我就经常去找晖哥了。除了上课和工作，走出寝室，我只会去找晖哥。他的寝室在男生楼三楼向西的拐角，因为大四了，管理并不严格，我可以在里面待比较久的时间。不过，虽然渐渐熟悉，每一次去找他，我心里都还带着一点淡淡的不安，因为晖哥是男生，因为，我好像也没有什么必要的事，一定要去找一个大四的学长。

但还是，每当心中的郁闷无法排遣的时候，就想和晖哥说话；遇到有趣的事情，第一个想告诉他；每当做完一项疲累的工作，在校园里走啊走，觉得无处可去的时候，就发短信问晖哥："你在哪呀？"

很多次，许许多多次，我很快收到他的回复："我在寝室，你来吧。"

我便在心里微笑起来，脚步折向他寝室的方向。登记，签字，上三楼，拐向西，敲一敲那扇熟悉的门。

晖哥应声而开："你来啦。"

有时候，他会问："今天没有事吗？"

对于前者，我就是点点头，喊一声"晖哥"或者"师兄"。对于后者，我有时摇摇头，有时就开始抱怨起无穷无尽的工作和迷惘来。因为大四，他的几个室友经常不在寝室，他倚在爬床的梯子上，微笑着听我絮絮叨叨地说。有时，他会给一些建议："给工作分一下轻重主次，只关注重点。”“学会控制情绪，不要让情绪控制自己。”“有什么疑惑，第一时间跟同学说清楚，不要拖。”有时只说：“你要往前看。”

怎么往前看呢？每次听他说这句话，我都下意识地想。工作任务就在眼前，学习任务也在眼前，是怎么个往前看法呢？但是我一次都没有问，因为晖哥在听我倾诉，就已经够了。我也没有想要得到更多的答案。

那个时候，很多大一学生没有电脑。我也没有。因此，去找晖哥，很多时候是用他的电脑处理一些作业或报告的电子版。有时，我吃过早饭就去，待到中午才离开。有时午饭也和他一起吃，然后跟他回寝室。晖哥若要午睡，就对我说：“我上去躺一会儿，你搞你的。”我点点头。他便轻捷地爬上床，很快打起细微的鼾声。我一个人在下面，做作业、玩电脑、翻翻书，心里在平静之外，也有些讶异：我这少量的空闲时间，真的都要花在晖哥寝室里，这样待着吗？

虽然我劝自己不要，虽然我知道，晖哥也有自己的烦恼与要务，但下一次，我还是会忍不住来找晖哥。

傍晚，晖哥有散步的习惯。如果我有时间，就和他一起去。我们去人少的林荫道上，一边散步，一边聊各种生活琐事，听他说做学生工作的经验。然后，我被一个任务电话叫走，或者跟他一起去吃晚饭。

只要天气适宜，晖哥就会穿那件米白色衬衫；冷一点，在外面加个外套；再冷一点，衬衫外加毛衣和羽绒服。一年四季，那衬衫成了他的标配。因为瘦，他的衣装显得很利索，他的动作也是。

有一次，我们经过操场，晖哥走进去，在单杠上舒展筋骨。我看着他引体向上的背影，说："晖哥，你好瘦呀。为什么我们女生那么容易长胖。"

"胖一点没什么，多运动就好。你不经常运动吧？"

我摇摇头。

"你不是还参加过运动会吗？现在不跑了？"

"不喜欢跑了。"我犹豫了一下，说。

我没有跟晖哥说过父母的事情，也许是潜意识里觉得这是老家的事，跟学校里的人无关。其实，虽然我跟晖哥经常聊天，但是我们很少谈及感情，无论是亲情，还是爱情。在这方面，我们似乎都在有默契地节制着。只有一次，我与晖哥的一个男生好友共事，偶然听他说，秦晖有喜欢的女生。在一次全院学生都参加的活动上，我偷偷看了看晖哥喜欢的那个女生。她也是大四的，烫了一头漂亮而成熟的卷发，坐在一群学姐中间谈笑风生。

"秦晖表白失败以后挺受挫的，叫我陪他喝酒，跟我说，'她不接受我，是她的损失！'哈哈哈哈。"那个男生咧着嘴巴说。

当时，我是什么感觉呢？我什么感觉也没有。我并没有见到晖哥表白的样子或喝酒的样子，那个学姐我也不认得，这些都与我无关。我所认得的秦晖，心情一般都不错，很少生气，最多只是对我的烦恼太多，有些无奈地笑笑。有一次，他便说："你啊，太敏感，又经常敏感得不是地方。"

我不喜欢听到这话，加上那天中午的例会布置了六七项任务，更是心堵。我斜了他一眼，梗着脖子不说话。

他说："要适当改一改。"

"改什么！哪有时间！"我突然说。

晖哥不作声了。我说完也有点吃惊，毕竟从来没有学弟、学妹这样跟他说话，我也是第一次对他说话这么冲。说完，我愣住了，不知道该怎么缓和气氛。

就这样僵了一分钟，直到晖哥看着地上叹口气："你的脾气，真的要改一改。"

"嗯。"我丧气地说。

不过大部分时候，我们都是和平共处的。时间久了，客套与寒暄都不再必要，虽然待在一起，基本都是各行其是，我对着电脑忙活，他在另一张桌子上修改论文。有时，晖哥不声不响地走出去，回来的时候手里多了一根烤肠或一块巧克力，递到我面前说："吃吧。"

我接过来，问："你不吃吗？"

他摇头："我不吃。"

这时，我就暂停作业，玩一会儿电脑，晖哥倚在一边看。那时人人网正时兴，我们一起看那些哗众取宠的视频，哈哈笑着互相吐槽。有时，看电影或者美剧，就静静地看下去。

只要我不提走，晖哥是从来不会赶我走的，他宁可出门前给我一把备用钥匙，让我自行离开时把门锁好。在和他的交往中，我好像是受到了优待，又像是人与人常见的关系里，一个奇怪的意外。

并且，我们在一起待过那么多时间，他从来不会轻易碰到我，连衣服的擦碰也不会。

有一天晚上，在黄黄的台灯光里，晖哥站在我身边看电影。我悠悠地闻到了他身上的气味，是一种暖性的气味，像是什么植物被烘干之后的味道。有点熟悉，仿佛在家里闻过类似的气息。那一刻，我心里忽然波动起来，无心再看电影了。

我想晖哥抱抱我。

我悄悄用余光看着他的衣襟和衣襟里熟悉的衬衫。我的心思游移在电影之外，无意识地想着：如果这个人轻轻地把我抱在怀里，让我的脸埋在那米白色让人心安的衣裳里，我一定会非常快乐，会害羞地笑很久很久吧。

当然，我一定不会开口的，一定不会。我连“拉一拉我的手吧”这样的话都没有说过，怎么会叫他抱抱我呢？我这么经常来找晖哥，占用他的寝室，一有烦心事就要他陪我聊天，这对于一个学长来说，已经是十分打扰了，哪里还能想更多呢？

但是不久之后，我的心愿就实现了。

那时已经是翌年五月下旬了。武汉的天气，一过“五一”就会陡然燠热起来。五月，学生活动特别多，我忙得团团转。当时，班里一个集体活动需要定制统一的T恤，我辗转联系了街道口一个做文化衫的商铺，定在这天下午去店里看样衣。

我找到文体委员，希望他去街道口看衣服。他微笑道：“支书，这个礼拜我有两门课要考试呢。我看你还是自己去吧。”

这个礼拜，每个人都有两门考试啊。我心里想，但是没有办法说出来。我已经太熟悉这样的表情和语气了。相比其他谈笑风生、进退得体的支书，我这个沉默而迟滞的女生，早已经不是他们心中理想的班干部了。我唯一的应对方式，就是默默地等待着，等待学期结束，假期到来。

吃过午饭，我发短信对晖哥说：“天气好热啊，可是下午还要去街道口，无奈啊！”

几分钟后，晖哥回道：“下午可以一起出去，我要上街注销一张银行卡。”

饭后，我本可以小睡片刻，但刚一躺下，就有同学找我询问奖学金的事情。学校关于这类事的规定永远不可能让所有人满意，我只能听着她的愤愤不平，干巴巴地劝说几句。等她走了，看看时间已经不早了，我洗了把脸，打着哈欠在校门口等晖哥。

晖哥见到我一脸困倦，说："又没精神？年轻人，记得晚上经常跑跑步，活动一下。"

"又来了，好像你不是年轻人似的。"

"反正比你老很多啦。哈哈。"

晖哥比我高三届，但是比我大不止三岁，因为我念书较早，他念书较迟。但是，这也不至于让晖哥说自己老吧。我想打趣他几句，但忽然想到，晖哥一个月后就要毕业了，心里又有些黯然。

这种黯然，从开春就开始了，随着气温越来越高，在我心里弥漫得越来越明显。但是，在晖哥面前，我总是装作并不在意这一点的样子。

在这种黯然里，我跟晖哥等来了公交车。武汉的公交车以疯狂拥挤著称，我们当然没有座位。晖哥帮我挤出了一个小小的空间，我站在他的胳膊下面，脸离他的胸口只有几厘米远。晖哥问我为何上街，我如实说了。他说："挑文化衫，不是文艺委员的事吗？"

我不答。

晖哥摇摇头，也不说什么了。我心里一下子变得更加黯然。

也许因为心情不好，虽然挨晖哥这么近，却没有开心。加上车里非常的窒闷，更不爽快。车开不久，我就感到不舒服起来，头晕，肚子疼。我本来想忍一忍，但是没有过多久，肚子疼已经让我不能忽略了，我对晖哥说："我想下车，先去一下厕所。"

晖哥有些意外，但他毕竟是男生，不会拒绝。车到下一站的时候，我匆匆忙忙地挤下车去。一下车，灼热的空气轰然扑进我的肺里，我本来头就晕晕的，一瞬间简直天旋地转，差点一屁股坐在路边。我俯身撑着膝盖，待眩晕退去，心慌地发现，胃里也开始不舒服了。

晖哥在我身后说："是不是太热了不舒服？我们搞错了，不该在这个天气出来的。"

我想说："我没有选择啊。"但张了张口，竟发不出声音来。

我们下车的地方是武汉那种飞沙走石的旧城区。一群毫无特色的水泥屋在路边组成毫无特色的小巷。我随便挑了一条地基破碎的小巷往里走，一般这种小巷里面，都会有虽然惨不忍睹但是标志明显的公厕。

但我没有走几步，世界就变了。一些奇怪的、黑色棉絮一样的东西从四面八方挤过来，很快就挤满了我的视野，我几乎什么都看不见了，而且除了自己吃力的呼吸声，耳边什么也听不见。我用最后一点视觉看见身边有一个电线杆，伸手抓过去，想扶住它。也不知摸到它了没有，脚下一滑，就彻底跌入软绵绵的黑暗中。

等到我重新看见东西的时候，发现自己坐在一个小屋的门口，有一个人站在我身后，让我的头靠在他的腰上——因为我身下的板凳靠背太矮。我抬起眼睛一瞅，正碰上晖哥低头的目光。

“中暑啦，”他龇着牙说，“确实太热啦。”

我这才看见他的额头上全是汗。我却没有汗，还有些发冷，四肢像被抽走了筋一样软绵绵的。看看四周，恍惚之下，仿佛是在故乡的某条小巷的小屋里坐着纳凉。但很快发现并不是，这是一条不曾见过的小巷，这个小屋是一家简单的私人药房。药房里除了我俩没有别人。一台旧空调在屋角哐哐唧唧地工作着，但是我觉得这里很安静。

这是这一年里，最安静的时刻了。我什么也不想，踏实地靠在晖哥身上，闭一闭眼再睁开，以防这是梦。

片刻后，从门外走进来一个步履轻快的中年男人，手里拿着几瓶矿泉水，用标准的武汉口音说：“快热死！”

“可好鸟？”他对我说。

我木然地看着他。晖哥接过水，拧开一瓶递给我。我喝了一口，胃里却并不舒服，对他说：“我感觉我要吐了。”

晖哥正在大口喝水，听我一说，赶紧找老板要了个垃圾桶来。我对着垃圾桶看了一会儿，却吐不出来。这个时候，那肚子疼又来了，且愈演愈烈，容不得我再犹豫。

“我要上厕所，要拉肚子了！”我焦虑地对晖哥说。

晖哥问老板附近哪里有公共厕所。老板看看我，大声道：“还什么公共厕所哩，外头这样热，不如用我家的算鸟！”

说毕，他打开手边一扇门，露出后面一个小小的住家院子，指了一个方向说：“红色的小门哈。”

我看到了，想要站起来。晖哥已走到我身边，拉起我的右手，牵着我穿过药房后门，走进那个小院子。在红色的门前，晖哥放开我的手说：“进去吧。”

我坐在药房老板家的马桶上拉肚子，至少有二十分钟。其间，我大汗淋漓，从小到大我从未像这样出过汗，亲眼看着手臂和大腿上一排一排的汗珠渗出来滚下去，全身的衣衫都被浸透了。

终于收拾完毕，我恹恹地走出洗手间。晖哥竟然还站在外面，正盯着院中的地面出神。一瞬间，我有些尴尬，简直不知该说什么好。倒是晖哥平静地说：“好了？回去坐一会儿，喝口水。”

说罢，再次拉起我的手。

之前因为身体不适，没有反应过来，现在，我感觉手心有点发热。这一刻，我多么希望自己是个白净、美丽、苗条的少女啊。可是刚才在洗手间里看自己，除了脸色苍白以外，并不美丽，也不苗条。对这一点我真是毫无办法。

晖哥一直拉着我进屋，让我在板凳上坐下歇着，就和老板聊起天来。晖哥问：“这个门面是你自己家的？”老板说是。晖哥说：“武汉夏天热，中暑的人多吧？”老板大声说：“中暑啊，常有的事！小时候我们去江边玩，作死地热，搞搞就跟她一样，上吐下泻！”

我喝掉一支藿香正气水，正在用矿泉水努力灌掉那古怪的味道，听见“上吐下泻”这个词，抬头看了看老板。晖哥倚着药柜站着，衬衫背后还有汗湿的痕迹，扭头看着我笑笑。

过了一会儿，我感觉两条腿足够有劲了，就站起来对晖哥说：“走吧。”

晖哥说：“走哦？”我点点头。我们就向老板道谢，付了藿香正气水的钱，一起走出来。

一直到离开小巷的时候，我还有点木木的，对刚才发生的事没有完全反应过来。在巷口，我看见了那根电线杆，目测从电线杆到药房那儿有一两百米的距离。这段我第一次也是最后一次走的小路，在烈日下蒸腾摇晃着。我想问晖哥什么，又不知该如何开口，最后只说：“今天真倒霉。”

晖哥叉着腰走着，说：“是倒霉。”

我一愣。晖哥接着说：“回去吧，我们打车回去。”

我也想回去，又犹豫不决：“我还有班里的事，没搞完就回去……你的银行卡怎么弄呢？”

晖哥忽然生气了，皱眉道：“什么大不了的事！现在回去！”

跟晖哥熟识大半年，这是第一次见他真的对我板起脸来。我无话可说，默默地看他拦了辆的士。的士一路开到女生楼下，我回到寝室里，上床躺下。一觉酣眠，醒来已经是下午五点，我给班干部们群发了一条短信，表明我最近身体不适，除了团支书分内的工作，其他工作请他们自行安排。然后，我丢下手机，背起书包去自习室。

现在想想，我的改变就是从那一天开始的。或许开始于在药房大汗淋漓的时候，我发现自己的健康比某些事情更为重要；或许开始于坐在的士里回校的时候，我明白自己应该生活得好一点，而不是成为四处应付他人要求的万能胶。而改变一旦开始，一切就像多米诺骨牌一样，逐一地、彻底地在我的生活里朝不同的方向哗啦展开。

不过，这些是后话了。中暑过后几天的一个晚上，我在图书馆复习功课，接到晖哥的电话，他说："来操场跑跑步吧。"

我说："我马上要考试了。"

他说："别懒！你真的要锻炼了。"

我想起前几天的事，无话可答。挂了电话，我换上跑鞋，去了操场。晖哥已经在那里等着我了，米白色衬衫掖进黑色运动裤里，显得他腰部特别瘦。我有很久没有好好跑过步了，三圈之后，就已气喘吁吁。晖哥自己冲刺了几圈，回来找到我，和我一起在操场边上压腿。

"年轻人，身体是干活的本钱。要记得多跑步，多锻炼身体。

一般来说，每个礼拜锻炼三次，跑个六七圈，然后压压腿、拉拉单杠，就行了，把体质练出来，再搞别的事。”

“晖哥，”我忍不住说，“你跟我说话的口气，真是……老气横秋啊……”

“是吧，因为我比你大很多啊。呵呵呵……”

我坐在跑道边上，两手撑在地上，仰头看天上的星星。操场边的探照灯今天没有开，身边的法国梧桐成了蓬蓬松松的暗影。跑步的学生不多，没有人注意到坐在一边的我们。我开口问他：“晖哥，你们什么时候离校啊？”

“二十三四号吧，还有半个月。”

“还是签了北京那家公司吗？”

“是啊。”

“那你马上就要走了？”

“嗯。”

我沉默了一会儿。我没想到晖哥只回答了一个“嗯”。平常，以他的性格，肯定会絮絮叨叨地说很多“学长给你的建议”，可是现在，竟然冷场了。我想了想，干巴巴地说：“晖哥，学校这些师兄里，数你人最好。”

晖哥没有吭声。我隐约看见他脸上有笑意。我自己也不明白怎么冒出这样一句话，却又收不回来，只好费力地解释道：“像你这样愿意帮助别人、愿意把时间分给别人的人，我见过的很少。师兄很多，却没有人和你一样，你是一个真正的师兄……”

晖哥仍然不吭声。片刻，他笑道：“陈子楠，师兄马上要毕业走了，你要记得向前看。”

我听到这句话，心里一沉，低下了头。确实，他马上要毕业走了。那个最终的日期一天天临近了，而我，却要留在这个并不喜欢的校园里，无亲无故，找不到可以说话的人。我鼻子酸酸的，两滴眼泪流了下来。因为在夜色里，我想他并不会看见。

“你要向前看。你现在所见的东西还有很多拘束，等你长大了，还会遇到很多真正的、如你所说的好人。那时候，你的眼界就跟现在不一样了，可以做的事也就不一样了。师兄一直希望你不要只和我一个人玩，希望你多交朋友，不要封闭自己。外面的世界没那么可怕。”

“其实这些话，我应该早点跟你说的。”他忽然改变口气，换成了自言自语。

我没想到晖哥会突然说这些话，这样真实，这样无可回避。我的眼泪一颗接一颗地流下来，我担心地想，脸上肯定在反光，晖哥会看出来了。我更担心的是，我十九年的生命里，从来没有像现在这样有挫败感，像现在这样难看。我很希望一切都好起来，可是，根本不知道从哪里下手啊。

“我不知道。”我忍住抽泣说，“我不知道该怎么找到合适的生活，以后你又不在……”

“一定会有的，只要你敢于往前看。以后你交到了男朋友啊，还有结婚啊，这些时候，记得跟我说一声。”他又说。

我努力不让身体颤抖，泪眼模糊地看着他。

“不要压抑着。”他说。

我终于哭出声来。这并不是我这一年里第一次哭，但和晖哥在一起总是比较快乐，我从来没有在他面前哭过。我两手捂住脸，哭得很丑也不管。想起很小的时候，爸妈一吵架，我就哭，但我不明白人为什么会有眼泪，便一边哭一边对路过的大人说：“俺脸上有水，俺脸上有水！”这一刻，我很想跟晖哥全盘说出父母离婚的事情，说他们为何要把一切安排得那么理所应当，使我找不出对他们愤怒的理由，那些愤怒最终都指向了我自己。我想跟他说，那一天，也是在这个跑道上，也是这样的夜晚，我在逃避中认定我再也不要对类似的场景涉足。但是今天，晖哥帮我抹去了这一块阴影。虽然他不能一直拉着我的手走，但是，至少他帮我释放了这样一个夜晚全部无辜的星星。

但我最终还是没有和晖哥提及我的父母，因为我知道，我们见面的机会不多了，应该把时间留给轻松一些的话题。其实，晖哥也有很多事情没有跟我说，比如，对“女神”表白失败，还比如，他的换洗衣服为什么那么少，总是一件米白色衬衫穿了又穿，还比如，为什么他给我买零食吃，自己却从来不吃。这其中的原因，我没有问过，我只是在接过他递给我的巧克力与烤肠时，感到那是我见过的最可爱的小小礼物。

我哭的时候，晖哥就在旁边盘腿坐着发呆，不知道在想什么。等我哭完了，他陪我一起去水龙头那里洗脸、洗手，若无其事的样子。接下来的一个礼拜，他陪我跑过两次步。唐僧一样反复督促我养成锻炼的习惯，再然后，我便要加紧复习期末的功课，我们没有时间再见面了。六月二十四日那天，大四毕业生全部离校，而我上午有一场考试，下午有一场考试。我不知道他是在我做哪一道题时离开的。等考试结束，走出教学楼，看到夕阳如旧投入这所校园的时候，我知道，校园里再不会有晖哥在某处等着我了，这个漫长的大一就要结束了。以后，我再也不会走进男生楼三楼向西的拐角，熟悉的门扉里，不会再有那个瘦长的身影轻快地打开门迎接我进去，让我想待多久就待多久。然后，在暮色四起时，他带我出门散步，毫无理由地陪伴我度过十八岁时一切六神无主的时光。

但是，我会向前看的。每当经过男生楼的时候，向其他人喊出“师兄”的时候，夜色下跑得汗流浃背的时候，我就会想起那句“你要向前看”。一岁又一岁地长大着，从学妹变成学姐，变成毕业生，变白，变瘦，每经历一些新鲜的事情，我都会再去想一想这句话，一点一点地明白着这句话的意义。我想晖哥是了解我的，了解我当初的脆弱，也明白我心中能够种出坚强的种子。自从那个燠热的夏天之后，我再也没有晕倒过。虽然仍有冷、热、苦、辛，可我的躯体一直能够支撑我的行程，再也没有忽然倒下去。

这本是一场普通的婚礼，普通到有些随意。我看见新娘和新郎的很多亲戚的敷衍了事，倒是我们这一桌本科同学，一直认认真真地拍照、鼓掌、叫好。有些闹哄哄的瞬间，我在新娘的浓妆下面，依稀看到了初为人妇的端庄与喜悲。这个时候，我还是很感动的。也许只有我一个人看见，但仍然令这喧嚣的婚宴有了珍贵的光彩。

我也不时去看看另一个角落的晖哥。酒宴的氛围不适合起身去找他，他的眼神也没有向我们这边扫过。多注意他一会儿，就能发现因为入世多年，晖哥的举止还是变化了很多。比如此时，他向旁人大笑劝酒的样子，在我眼里就有些陌生。不过，我自已不是发生了更多的变化吗？晖哥从未见过我踩着高跟鞋的模样，也未见过我与同学言笑晏晏、毫无心结的样子。在他毕业后这将近十年里，我们靠QQ维持着断断续续的联系。他从一开始继续解答我的各种问题，到后来联系的时候问一问近况，再到后来虽然有惦念，偶尔对话，已不太能说上什么，只是说“不错”“加油”。

最近一次和晖哥联系，好像是去年夏天，他在我的状态下留过言。此后，就没有任何动静了。如无数而立之年的男人一样，他已经戒掉了在网络上记录生活的习惯。而我，也开始体味到青春的迷雾如何渐渐散去，露出生活平淡的原野；体味到人与人之间，沉默不一定是断绝，如同相见并非就是彼此看见。

等新娘过来敬酒的时候，我指着远处的晖哥给她看。她眯着眼睛看了下，说：“是我老公的同事？我不认得他，他是咱们以前的学长吗？”

我说是。

在座的同学听到我们讨论他，也往那边看。有几个不认得，有两个人还记得晖哥。

“秦晖大三的时候可以竞选校学生会主席的，但是他最后没去。当时，我们辅导员对他寄予厚望，结果他大三和大四两年什么都没干。所以你看，人——”在座的一位同学拿起一根筷子，铿锵地敲着玻璃转盘，“没有上进心是多么可怕的事。”

我心里并不赞同，但是仍然微笑着。面前的这些同学，有些就是当初疏远过我的人。但是，这又如何？那时我们都小，我们都曾犯错。人性本是趋利避害，都更乐于接近快乐明亮的人，我自己也未必能逃过。晖哥待我很好，但这并不代表，其他未及晖哥深厚的同学之谊，就不值得珍惜。

参加过好几次婚宴，酒席总是结束得比我想象得快。菜刚上完，很快就有人离席，将红毯踩得斑驳。我们这桌也吃得差不多了，有人提议道：“跟新郎、新娘合个影吧，趁现在外面没有雨。”

我们疏疏落落地走到酒店外面，挑了附近一个花台。新郎的亲戚拿着相机，我们女生站在前面，男生站在后面。正在准备之间，我看见晖哥和几个本地人一起走出酒店，在门口站定了寒暄。

十年前，晖哥与我的第一次长谈，源于他在食堂的人流里蓦然看见我也在。于是，他端了盘子，过来与我一起吃。那顿四块五毛钱的食堂餐，我们吃了两个小时。饭毕，在食堂门口，他高高地站在我面前说：

“我是你的学长，又是你老乡，有什么不懂的事情就来找我……”

那一找，就是一年。其实，那只是短短的一年啊，但是于我，那一年如此漫长。那一年，好像决定了我一生的走向。

照相的顺序终于排好，我站定在属于我的位置上。身后是个身量颀长、肩膀宽厚的男人，他把双手按在我的肩上，让我靠在他怀里。我抬起头向他笑笑，握住肩上那双熟悉的手。今年，是我们相恋的第五年。

也许晖哥会再次在人群中看见我。也许，因为我已长大，他无须再在我的生活中出现。看见，看不见，都没有关系的。那句话将永远留在我心里默默，保存如少年时的清澈：

“谢谢你，哥哥。曾经在我的生命里来过。”

慢慢地懂得如何展示自己的美与光彩，懂得如何接受应该承受的，享受可以拥有的，直到我遇到了将会钟情一生的事物，直到我遇到了将会钟情一生的人。

那些浪费的时光和生动的爱

跑步的人

这是城市里占地面积最大、最精美的免费公园，政府在修建的时候花了许多人力和物力。公园宽敞干净，各式公共物品的设置别具匠心，还有完备的儿童乐园和健身区。从入口处的公园俯视平面图可以看到公园中央含着一个不小的湖，一个真正的天然湖。

因为这一片城区没有繁重的工业负担，湖水尚未被污染，风过处微波渺渺，湖边稍稍修缮，用大批卵石砌出优雅的缓坡。湖身稍瘦的地方建有白色石拱桥，几处半岛上盖有凉亭，桥与亭都修建得大气，没有缠上暴发户气质的彩灯之类。总之，这个公园得天独厚，内容丰富，是政府和周围居民的骄傲，附近最大的小区就是以它命名的。小区里的居民如果被问起居住地的话，一定会在报出名称后再加上一句修饰语："你知道翡翠湖吧？对，我家就在它旁边，只隔着一条马路。"

小区里有一个人常常来公园跑步，每天下午五点钟，他都会穿着运动服和跑鞋，在公园大门旁做一做热身运动，然后沉默地、稳健地跑起来。永远是一个人，没有见过同伴。如果你常去公园，你应该很容易认出他，因为孤零零一个人，向来容易被忽略，也容易被注意。

他的相貌不属于美男子之列，却让人愿意看一眼之后再看一眼，因为他很年轻，大约在二十三到二十五岁之间，身材匀称，不胖不瘦，跑动时满身流溢着轻盈矫健的气质。他可能也会邋遢、贪吃、会欺骗女友，可是我们看到他的时候，他就是在跑步，所以在我们眼里他就是为跑步而生的。

冬季到来，跑步者对这个公园依旧情有独钟。公园距离城区有一段不短的车程，虽然人人都很羡慕这样清净的环境，但真让他们在这里买房置地，还是决然不肯的。

所以很长时间以来，这一片的居住密度不大，宽绰的公路上有时一辆车也不见，行人可以昂着头直接穿过。限于此，公园一般只在夏季迎来较多的游人。春季和秋季，如果天气晴好的话，可以看到三两家庭驱车来此放风筝，或恋人、朋友结伴来踏青，但人数也并不太多。

冬季时，公园便非常低落了，曾经最受盛赞的繁密树林，这时居然弥漫着凋亡肃杀的气息，掩埋了公园的全部神采。这个时候，政府与公园的管理处便有一点尴尬，因为不知是哪一个环节的疏忽，居然没有为公园的冬季规划出像样的风景。如果不是有盛名在前，偶尔来到这里的人们也许会说这里有点像野地，甚至像坟场。他们宁可待在家里，或者到其他热闹的地方去，耐心等待着公园恢复成让他们满意的样子。

可是跑步者不这样想，他似乎没有觉得那些荒草是怎样不堪入眼，他仍旧天天来跑步。哪怕是积雪难行的天气里，他也会在公园快步走一圈，完成这必经的路程。

公园的管理处由四个人组成，这四个人早就注意到了跑步者。冬天时，他们不喜欢他，因为他们都超过五十岁了，身体裹上冬衣就变成了正方形，远远赶不上他充分运动下的体格，更因为跑步者让他们无法彻底放松。

管理员们见过的游客总是这样的，不论什么季节都是这样：中年夫妻大声赞赏公园的美丽，年轻人和小孩子寻找有趣的角落嬉闹，老年人带着谦卑的神情，小心翼翼地晃着。还有一些单身的游人，沉默地立在湖边，带着若有所思的神情吹着风，久久地逗留。无论哪一种人都让管理员们乐意接受，因为他们的行为参与了公园的存在，在管理员们心中，公园的存在比公园的美丽更重要。

跑步者则不属于任何一种人，他眼里的神气，像是什么都不会注意到，这个公园会永远在这里，哪天看也不迟，至于身边的人，也好像是不存在的。也就是说，这个公园简直就像他的私人领地。这一点叫管理员们十分不能忍受。

不过，因为从未和跑步者有实在的接触，他们的反感从未开封，甚至没有相互透露过，只是每日随着跑步者的到来准时升起与消减。他们偶尔还为此欣喜，因为产生愤怒的权利不是人人时时都有的，可是只要真真切切地看到跑步者跃动的肌体，他们的愤怒就会立刻占了上风。

冬天下午五点，这个昼夜交接的时刻，跑步者常常是作为唯一的游客存在，单薄的运动衣让他的身影看起来更具冲击力，拖拽着整个公园，割破了管理员们的清闲，简直是对管理员们示威。到后来，管理员一到点就会不由自主地走出门外，跑步者准时从管理处那所蓝顶小房子前跑过的时候，他们就不由自主地随着他移动目光。那种尴尬与煎熬，像眼球上粘了一根废弃的睫毛。

跑步者自己呢，他沉浸于跑动中，自得其乐。他早已熟悉在不同里程时身体的感受，疲惫不能阻止他跑下去，天气和季节也不能。

在越过第一与第二轮的疲倦期后，奔跑就成为永久的动作了，空气如影随形地烘托，路程绵绵不绝地舒展，可以让他暂时忘掉枯燥的工作、不满的女友和高涨的物价。于是，他更为热烈地跑，有时脸上还会绽开不易察觉的微笑。

他也尝试过其他运动，比如篮球，但很快就受不了它过于复杂的技巧。真的，有什么运动能比跑步更家常又更不凡呢？跑动的过程中，一丝丝自豪感会从心尖里溢出，稍稍湿润其他干燥的部分。这点自豪虽不至于让他发生精神上的显著改变，但叫他把跑步坚持下来，是完全够了。

冬天，他会在跑步的间隙岔入无人的林中小径里走一走，举目四望，层次感很强的林木在呜呜的北风中掀动着。他会想，究竟这些风景有什么特殊之处，使他乐意一再沉入其中呢？他说不清楚。同样地，如果要问跑步者对跑步的基本——脚下的路——有什么感受的话，他也会无可奉告。

只有当他跑到酣处的时候，会在注视柏油路的目光中注入一点深情。这条路修得不错，暗灰色，十分结实而又微微柔软，雨天里泛着冷静的光。雨天里依然可以见到跑步者，无论是毛毛雨，还是瓢泼大雨。

他甚至更钟爱在雨中奔跑，仿佛在视线不畅的情境下不仅可以跑得更轻松，还可以一跳跳很高似的。有一回，他就是这样变换了姿势，一跑一跳，甩搭着双臂，像放学后的小学生，在有树林遮挡的地方更是差点叫出声来。

夏天来临后，跑步者不再那样强烈地为管理员们所注意，也许是因为游人的增加分了他们的心，也许是因为跑步者换上短衣，突出了普通人的肉体模样，冲淡了管理员们与他的精神冲突。不过，我们的跑步者还是照旧跑着，每天沉默地、稳健地从游人身边掠过，如果一定要找出他的改变，那就是速度有所增加，步履与呼吸更为均匀。

游人们几乎来自同一个小区，起初，他们互相并不认识。当手中都抱着个婴儿的时候，欣赏同一只宠物的时候，被同一阵风迷了眼睛的时候，他们找到了最佳的契合点，开始相互接触。他们向对方试探性地打招呼，询问对方的年龄、饥饿与否和婚姻状况。谈话尽量彼此适应，大脑尽量节奏一致，眼睛一起放出茫远、模糊和神秘的光，然后就有了下一次见面，就有了熟人。

跑步者与他们没有交谈过，因为最佳契合点似乎一直没有出现。公园里除了他没有跑步的人，这可能不容易让你相信，可的确是这样。这所城市很早就没有运动的习惯了，即使热衷减肥的年轻女孩也只是选择节食和瑜伽。

偶尔，人们有跑动的冲动，如果四下无人，他们会猛冲几步，感到关节激动的震颤后就停下来，然后很长一段时间之内不需要再跑。如果有人的话，他们就狠狠地伸个懒腰，像用巨大的哈欠驱走睡意一般，然后寻找狂欢的机会弥补。于是，人们和跑步者在肢体动作上无法产生共鸣。这不是说没有人注意他，至少有女孩子会注意。

如果在十几年前，我们健康、身材匀称的跑步者会博得许多少女的芳心，可是那个时代早已过去了。现在的年轻女孩看到他满身的汗水、发红的脸庞、粗重的呼吸和肌肉剧烈的伸缩，竟会感到一点点恶心。她们也不知道自己怎么回事：又想看他，又讨厌他。中年男女端详这位年轻人的背影，结果也往往是一齐叹口气，觉得这个年轻人让他们有点不开心，但又不能怪他……总之，跑步者在很长时间里没有一个人和他说话，他除了跑步什么也不做。

有时，跑步者会对人们产生兴趣，经过他们时用他那因为血流充沛而灼灼发亮的眼睛盯着他们看。这么做大多时候也得不到响应，人们仿佛商量好一般迅速避开他的眼睛。

可是有一天，跑步者忽然决定在游人云集的小广场上停下来休息一下。这时人正多，他们穿着睡衣，抹了花露水和痱子粉，拿着扇子拍拍打打，有规律地晃着脚步。后来他承认，如果事先注意到广场上有那么多人的话，他一定会像往常那样悄无声息地穿过人群，然后什么事都不会有了——虽然后来的事也不算什么大事。可是，事情无可挽回地发生了。

他一停下来，就觉得整个世界轰隆隆直响，身上热得无法忍受，汗水几乎是向外迸溅。以前他中途休息的时候，他总是选择在树林里或是湖边，周围会有许多清凉的空气吸走他的汗水与燥热，而眼下，周围这些人来到公园就是因为有过多的热量无处散发。跑步者尴尬地叉着腰，茫无头绪地走着，希望带起一点风，让自己清凉一下。这当然是徒劳，广场上人太多了，空气流通很慢。

跑步者对那些发胖的妇人和吮指的婴儿的独特形态感到惊诧，他半低下头想离开，却似被他们监管着，找不出继续跑动的勇气，就像他无法回忆起刚才为什么停下脚步一样。虽然离开只需要一瞬间，但他就是攀不到那个勇气的顶点。越热越走，越走越热，最后，跑步者脸红得像发烧，他冲到喷泉边捧起略微混浊的水扑在脸上。

池边有一些戏耍的孩子，他的举动引起孩子家长的注意。他们走向他，向他提了一些关于跑步的问题。这其实违反了他们与人谈话的规律，不过，他们觉得这个人应该很重要，值得在了解之前就赶紧先抓住。

跑步者一一回答了他们的问题，因为从未和他们打过交道，加上运动的疲累，他说起话来有一点磕巴。这些家长便有点儿失望，尤其是他呆滞地看着他们的眼睛，目光里没有一点聪明的痕迹，还露出他们不需要的笑容，这让他们寻找景仰的希望被打消了。

跑步者注意到了这一点，他竭力想形容跑步的愉快和益处，却发现大脑一片空白，自己离开了跑步就什么都想不起来。围过来的人开始多起来，这些最先同跑步者说话的家长转身朝人群外面走去的时候普遍受到了后来者的追问。他们露出不屑的表情，说没什么，是那个跑步的。这句话让跑步者哭笑不得，他说："我就是跑步的吗？"人们笑嘻嘻地说："难道不是吗？"跑步者只好抬抬眉毛，抹抹汗水，准备继续跑步。

就在人们准备放弃他、即将给他让出一条路之际，一个管理员走了过来。他只看了一眼就了解了是怎么回事，顿时感到心内昂扬。他凝起眉眼，叫大家安静，然后沉稳地对跑步者说："啊，我早就注意你了，每天这个时候都是你来跑步。"

人群发出轻微的嗡嗡声，跑步者则没有什么反应，他觉得这句话显而易见，应该不需要回答，只刹住脚站在当地，听他下一句会是什么。果然，管理员挺一挺胸膛，又说：“请你好好说说看。我们早就注意你了，每天都是这个时候，每天。”

跑步者想了一下，忽然明白了这是一个质疑。他的脸一下红了起来，说：“不好意思，我以为公园是免费对所有人开放的。”

管理员威严地说：“公园是免费对所有人开放的没错。但请你对我们好好说说，我们四个人轮流值班，早就注意你了！每天！每天你都在这个时候来跑步，只有你是这样。”

跑步者眼下不太容易走出人群了，因为人们敏锐地感觉到事情的性质产生了根本的改变，互相交换着目光，再次一层层地围了上来。这种时候，他们心中满满的都是责任，干脆不再说话。跑步者在寂静中感到十分为难，不过他已经有了二十多年的阅历，不是小孩子，他匆匆想了个对策。

他收敛起目光，做出十分发怒的样子，嘴里咕咕哝哝地说了些无人听清的话，从三个胖胖的家庭妇女、两个消瘦的老人、两个避之不及的少女之间挤了出去。这一招果然有效，没有人跟上来。他感到身后的寂静迅速瓦解，有人在重新说起什么，但已经听不清楚了。他的脑袋嗡嗡直响，眼前忽明忽暗，如果不是脚下熟悉的柏油路迅速迎上来接过他沉重的身体，他简直不知道该怎么摆动双腿了。

这天晚上，跑步者回到家以后格外大汗淋漓。他开始吃不下饭，睡不好觉。本来，他跑了几百次步，对关于跑步的一切细节已经烂熟于心，跑步既是他的骄傲，也是他的羞涩。

这没什么，他跑自己的步，和别人无关。可是今晚，他把这两样东西都弄坏了。他真懊悔告诉那些家长跑步的愉快和益处，他应该闭口不谈，这样他们攻击他的时候他就有无视他们的资本，因为他们什么都不知道。可是他偏偏要说出来。这样做的后果，是连带其他关于跑步的记忆都沾上了汗臭味，并且是隔夜的汗臭，略微嗅一嗅就几欲作呕。

接下来几天，跑步者没有去公园。开始还好，没过几天，所有肌肉上都像是有什么东西轻轻抓着，让人蠢蠢难耐。几天后，他终于把那个晚上忘得差不多了，便又回到了公园。很快，有人发现了他，因为天气宜人，他们的心情都不错，想叫他停下来，和他说说笑笑。

很快，他们发现这不再可能，跑步者目不斜视，跑过他们身边时不再看他们，在可承受的范围内把头昂得高高的，脸色和脚步一样铿锵有力。于是，跑步者渐渐再次成了人们的宠儿。

那些浪费的时光和生动的爱

日常世界的告别

伊伊忽然侧过头来对我说“我们领证了”的时候，我的目光正翻过OPPO、华为、亚马逊阅读器的柜台，看着正在摆弄苹果六的男友阿庞。伊伊见到阿庞，跟我说他好像瘦了，我却觉得他还是那样胖，半低的头压出腮下两块蓬松的肉来。

那可不是小鲜肉，是岁月的肉，男博士缺少运动的肉。我不太喜欢，但当听到伊伊说“我们领证了”的时候，恍惚在那两块肉上也看到了一丝岁月的丰饶。

“呵，”我斜了她一眼，“领证了。”

我未能预料自己的口气里竟有责怪的意思，也许确实是因为他们领得太快。他们认识才四十七天，每周末见一次面，两人最多才约会六七次。可我为什么要责怪她呢？那毕竟是她的个人选择。又是为什么，她看向我的目光，竟然有些胆怯，这让与我身高相同的她好像忽然间变矮了三厘米。这和她平日的性格可是大相径庭。

“韦子凡问我，领证的事有没有告诉小雅。我说还没有。他说你还是要跟她说一下的。”

“怕我骂你吗？”我说。

同时心想：为什么“还是要跟她说一下”呢？

“是啊。”她说。

“我骂你干什么呢？”我说。

伊伊笑了起来。我也笑了，随后移开目光，因为我看到了她眼角上密密的细纹。也许是这几天比较热，忘记涂眼霜的缘故。我将目光投向右前方半开的玻璃门，在那里，影影绰绰与自己二十七岁的容貌对视。我想，以伊伊的观察力，应当也已看出，我的两颊之间，在地球引力的作用下，拉出了无可逆转的两道最初的痕迹。

没错，法令纹，该死。

这一天是六月二十一日，端午节的第二天。武汉光谷的人流与闷热令人惊骇。我非常懊悔选择在光谷和伊伊见面，显得我们两年才一次的珍贵的会面是跟逛街差不多的事似的。我们应该在安静一点、绿化好一点的地方见面，比如大学校园。大三那会儿，我们刚认识，第一次见面就选在武大樱园楼下。

我们避开了游人如织的时节，在树林里慢慢聊了一下午。当时，我们聊小说、诗歌、写作、其他学校、考研和理想的恋爱。那时，她还戴着嫩黄色的发箍，我还穿着七分牛仔裤。

当时，她还在和那个摄影师热恋，写长长的童话暗喻两人的情路。我那时的话还不多，见到陌生人一般不开口，却不知为什么，与伊伊刚认识，就有一下午的耐心。

那一聊，就至今。其实，我至今也不爱说话，但见到伊伊，就觉得这个朋友是应该和她好好说些什么的：关于生活，或不关于生活；为了交流，或并不是为了交流。

阿庞看腻了手机，伊伊的新婚丈夫子凡买完了水，两个男人在我们面前相见了。一个说："你好。"一个说："嗯，你好。"说完，他们都笑笑，各自目光不定，浮向各自的女人。我和伊伊像安抚小孩一样各自牵住他们的手，说：“走吧，我们去吃饭。”

寻找餐馆时，我们使劲向光谷步行街里面走，走到世界城的深处，看人流少了一些，又跑上那仿欧式建筑的三楼去，挑了位置最高的一家火锅。

“啊，终于清静了。”我随手扎起头发，长吁一口气说。喝了一口先送上来的加冰金橘汁，很意外，竟然真材实料，非常好喝。

伊伊坐在我对面，也对金橘汁赞不绝口。今天是子凡第一次见我和阿庞，他请客。点菜的事我们就丢给两位男士商量，我和伊伊随便地聊着天。女生一过二十五岁，也许看着还是女孩模样，聊的东西总归还是和婚恋有关，什么时候结婚，找了哪里的工作便于结婚，要不要孩子……我和伊伊，因为做过文艺青年的缘故，先说了会儿最近看的书和电影，再提到婚姻。

“我们今天下午才到汉阳区领的证，他的户口在汉阳。领完了，回家把脸上的妆洗掉，就来找你们了。”

“那我们不是见证了你们成为夫妻后的第一天？”我说，确实感到荣幸。

“哎呀，也没有什么。你们打算什么时候领证啊？”她微笑道，看看阿庞。

“还没影子呢。”我说。

“阿庞，什么年纪要做什么年纪该做的事，不能无限制地让小雅等待啊。”伊伊说。

“嗯嗯，你说得对。”阿庞咧开嘴笑道，脸颊边的肉红红地鼓了出来，也许是刚才热出来的头昏还没有消，也许金橘汁对他来说效果和啤酒一样。我们四个人里，三个都在安静地坐着，他竟然有了兴奋而微醺的样子。

伊伊和我对视了一眼，我看到她眼里闪过一丝“你们吵架了吗”的疑惑，但她没有开腔，我也没有说话。

一位系黑围兜的男服务员端上了一口大大的鸳鸯锅，一位系白围兜的女服务员开始一盘盘地上菜。这是一个中档火锅店，一切都是“差不多还行”的水平，包括店面装修和菜品的新鲜度，包括餐具的样式和服务员动作的轻重。碟子越堆越多，碰撞出哐哐的响声。鸳鸯锅的热气在空调风口下转圈，在我们四人的鼻子下都溜了一趟。就我吃火锅的经验来看，这香气也就比麻辣烫高一个层级。但是今天是过节，所有好一点的馆子人都人满为患，能找到一家人不多又还行的火锅店也算不错了。这样想，这“差不多还行”的一顿饭，倒也有了一些适切的意思。

子凡看上去是个其貌不扬、性格沉闷的男生。不，已经成家了，是男人。从上菜起，他就兢兢业业地各种布菜、调火、为我们找醋碟。吃了几片肥牛和虾滑，他倒了一杯啤酒，敬我的金橘汁。我问了一下他的年纪，竟然比伊伊小半岁。本来我看他衣着那样老成，表情那样持重，还猜想他是三十还是三十多呢。

相较之下，阿庞虽然大一岁，看着却比他显小，可能是子凡本科毕业就出来工作，而阿庞还在念书的缘故。

“你们一周才见一次吗？”我问他。

“我这种部队里的单位管得死，只有周末才能请假出来。有时碰上周末要值班，只有伊伊来找我，感觉挺对不起伊伊的。”

“比我们还是好一点，我们两个月才能见一次。”

“你们一直都在异地恋吗？”

“嗯，阿庞还在读博，没有出来。”

“博士呀，厉害。”子凡敬阿庞一杯，微笑道。

“没有没有，初次见面。她们两个是好朋友，我们也算有缘啊，呵呵呵呵呵。”阿庞一边碰杯，一边在座椅上扭动起身体来，看着比子凡更小了。

阿庞在读博士。读书是他的信仰，他接下来还想出国。一年，或两年，我不太清楚他和导师的计划。平时，我的工作是广告文案，业余时间写文章、练书法、弹钢琴。在朋友圈里，我是自得其乐的女文青。伊伊则在养猫、画画、写诗。一直有共同的朋友说我和伊伊是双璧，说了这些年，直到我们从二十上下的女孩，长到二十七八的女人。

直到我对朋友圈感到厌倦，一两个月也懒得看一次；直到伊伊宣布她要和子凡结婚，从那以后，她朋友圈的男性都开始沉默。

这些年里，我们认识的情侣们，要么分手，要么就结婚了，只有我和阿庞，维持着校园式异地恋的面貌。我们在武汉、南京、长沙见面，在上海、合肥、芜湖见面。住的旅馆是三十块钱、四十块钱、五十块钱、八十块钱、一百块钱一晚的。我想阿庞是习惯了，毕竟异地已经五年，再延长个几年也不要紧。我从来没有要求他赶紧跟我结婚，因为我是文艺青年啊，我知道人没有梦想，和咸鱼有什么分别。我知道既然当初曾看中他的天真，如今就不能出尔反尔，阉割他那象牙塔里的天真。

我本来也习惯了，可今天看到伊伊和子凡，心里就像倒进了金橘汁，甜里涌酸，酸里泛甜。一分神，就咬破了一颗花椒，嘴巴里立刻轰轰地麻起来，赶紧猛喝了一口金橘汁。再喝一口，就见底了。我示意阿庞给我倒一杯啤酒，问伊伊："你要吗？也喝一点吧。"

伊伊点点头，接了一杯，笑道："我以前总以为我不能喝啤酒，现在发现也是可以喝的。"

"是啊。"我说。我放下酒杯，平平地和她对望了一眼。两人一时都不知道该说什么。不过，因为是我与伊伊，也不尴尬。

我有一次正式和阿庞提出分手，在两年前的深秋。当时，我的时间还比较自由，去他做实验的地方住了一个月。短租的房子不好找，最终选了一处潮湿背阴的小屋，因为离他做实验的地方最近。我一去就开始感冒，在中药冲剂的气息里，他告诉我他准备出国，但我们却是因为选哪家外卖而爆发争吵，最后我在冷战里独自回家。我想了一晚上，跟朋友宣布我和阿庞断绝了关系。他沉默了两天，第三天晚上打电话来苦苦挽留："我们的感情这么多年，经过了这么多考验，多么珍贵啊。"他说这话时是痛哭的，我却一点眼泪也没有，因为当时我正在家里转来转去地找空调遥控器，急得五心烦躁，便说："等下再说，我找个东西。"

他哽咽着说："好，我求求你再给我一次机会。呜呜呜……"

我挂了电话，却仍然找不到空调遥控器。我感觉已经被初冬的第一阵寒流冻得要死了，却连取暖的工具都无法启动，这才烦得哭了起来。最后，在床头柜后面找到了，我如获至宝，马上打到三十度。空调咕嘟咕嘟地准备了一会儿，很快，暖风吹了出来，扑在我脸上。周身一暖和，我就不哭了。

我和伊伊，都是在二十三四岁那会儿哭得最多。她的摄影师男友两次劈腿，她都是打电话来向我哭诉的。阿庞向我展示他的冷战功力的时候，我也找她哭。其实，我们在大学里认识的时候，也快毕业了，又不是一个院系的，从来没有像亲密朋友一样好好相处过。

毕业后这些年，因为工作，因为爱情，我们各自的行迹划遍了中国大地。而无论在哪里，当行迹有所重合或挨得稍微近一点的时候，我们总是找机会见面。见面也不做什么，只是并头睡一晚上，说说话，聊聊天。这年头，联系的成本可以微小到几兆流量，见面的成本却往往大到兴师动众。交朋友的过程只是微信搜索的一瞬间，想把距离拉近，却像宇宙里的一颗星寻找另一颗星。伊伊知道我的初夜是在哪几个城市尝试了几次才成功的，我知道她发现摄影师劈腿后几点钟在哭，买了几点钟的车票离开的。她知道我为什么喜欢卡夫卡和角田光代，我知道她隔多少天会写一组小诗。

有时我想，我只有伊伊这一个朋友吧。其实也不是，是我们的关系拉高了我对友情设定的标准。我们从没有对对方说："你是我最好的朋友。"有分量的感情都是无言的。或者也不是有分量，而是，我们就这样自然地存在于对方的生命里，并行下去。得与失都常见，自然地存在却最稀有。

我们一直都相信对方会过得精彩，因为我们不懒、不笨、不丑。但是，我们都是女人。《泰坦尼克号》里，露丝妈妈对露丝说："因为我们是女人，我们的选择从来都不容易。"我以前总以为这是对女人的压制和歧视，现在看，其实男人也不容易，只是男人在这些不容易里，常常占据了主导的位置。除非天赋异禀，否则女人也只是在种种不容易里，与男人争抢主导位置罢了。

明白了这一点，就明白为什么饭前伊伊在"苏宁电器"对我说："我对婚姻没有什么期待的。"

我说："那也不能这么快领证啊。"

“他一直想要结婚，从刚认识时，他就说要尽快结婚。像他这样的男人，家里一切都给他准备好了，就差个老婆。一开始，我也确实反对过，觉得至少要谈半年才领证。后来，他一直催，我就觉得，随他去吧，抗议干什么呢？结了婚，再去经营自己的东西，也行吧。毕竟，我现在对婚姻也没有什么要求，能过日子就行了。”

这话也有理，不过我依旧担心道：“像这样闪婚，怎么知道一定能过日子呢？”

“所以，我现在对婚姻没有什么要求了呀。”伊伊转了转眼珠。

我明白了，不再说话。

伊伊自嘲道：“至少，我老家的亲戚再也不会催我了。你知道那些阿姨，现在都不问你有没有对象了，直接问‘你什么时候办事’。‘有没有对象’是留着问二十五岁以下的女孩子的。”

我笑了起来，觉得伊伊的描述很有画面感。笑完，又有点累，盯着对面冷冷清清的步步高柜台发呆。

“你觉得韦子凡怎么样？”她问。我知道她是真心问。

“挺好的，比摄影师好。”我说，“是过日子的人。”

“那就和他过日子吧。”

于是，一顿火锅吃到大半，子凡和伊伊喝了那杯交杯酒。当时，我正低头拨去鸭血上的花椒，一抬头，看见两人胳膊绕在一起，把啤酒往嘴里送。

“哎呀，应该给你们拍张照的！”我大声笑道。

“不用拍。”伊伊微笑。

我也觉得没有必要，但那一瞬间，我还是挺感动的。

四瓶啤酒消灭掉之后，我们都吃得差不多了，都往后坐一坐，歇会儿。我看到子凡悄悄抚摸着伊伊披着头发的胳膊，这个动作昭明两人的爱情才展开不久。伊伊看着我，轻声说：“他喜欢长头发。”

想起很久很久以前，我和阿庞，在夜市上也这样抚摸过对方的身体，喝过交杯酒，好像也是啤酒。喝完，他笑嘻嘻地说：“我们这就算结婚了哦。”我也笑嘻嘻地说：“嗯。”

那会儿，我们才二十一岁。谁也没有料到之后的路有这样长。谁也不知道，异地恋的滋味是这样的……这些年在恋爱里，我感到辛苦，可也谈不上痛苦，加上阿庞肯念书，心地不算坏。虽然他不太会照顾人又读书读得有点傻，虽然他一高兴就说我们领证吧，转天又各奔东西，但这段恋爱总体“差不多还行”，还是值得朋友们劝我珍惜一下、坚持一下。

我明白的，所以二十五岁之后，我就很少哭了。如今，我开始长法令纹了，没有什么事能让我轻易恸哭，晚上十一点前必定睡觉。人与事都是一波来一波又走的，只有保养身体最重要。

休息了一会儿，子凡把剩下的菜全倒进火锅里，然后给伊伊夹了一只鸡翅。阿庞见状，笑嘻嘻地拿起一只鸡蛋对我说："我给你打一只蛋吃。火锅烫鸡蛋很好吃的哦。"

话音刚落，也许是手指上有油，鸡蛋吧嗒掉在锅边碎掉了。我们连忙喊服务员来擦。阿庞脸红红地说："哎呀，蛋碎了一地。"

说完，他呵呵地笑起来。我在清汤里夹了一筷子阿庞最喜欢的金针菇给他。不过，阿庞不愿意就此歇菜，又拿起一只鸡蛋说："我的蛋碎了，还有这只。"

我看着面前的菜盘子笑了笑，也没有怪他语无伦次。我知道阿庞一直在这顿饭里努力，努力证明他是个镇得住场、撑得起我的男朋友。但对面的子凡脸上写着"丈夫"两个字，这天然的段位就不一样，尽管他不言不语，阿庞还是累得气喘吁吁。

其实，阿庞也不是第一次面对这种场面。我们一起参加过好几场同学的婚礼了，从来没见他像今晚这样手忙脚乱。

"你觉得这顿火锅吃得怎么样？"我问他。

阿庞看看我，笑嘻嘻地放下筷子，说："还行。"

"还行就是很高的评价了啊。"我向伊伊笑道，"以前，阿庞对我最多的评价就是'还行'。我不高兴，他说，还行就是很高的评价了啊。"

"哎呀，就是随口那么一说嘛。"阿庞笑道。

我想换一换话题，便问伊伊："你们今天跑了一天，明天休息吗？"

"哪里能休息呀，最近都忙死了。昨天跟他选了一天家具，明天还要去看这些东西。他只有周末能出来，下个礼拜天又轮到他值班。"

阿庞对子凡的军事类工作很感兴趣："那你们值班的时候干些什么？看看电影？"

子凡点头："看电影。军用网速下东西比外面快。我们有时候也翻墙看看外面的东西，新闻什么的。"

"哈！"阿庞激动起来，简直要扔掉筷子，"军队里面也翻墙？！我靠！帅啊！"

伊伊不解："翻墙是什么？"

阿庞聪明地闭了嘴，把解释的机会留给子凡。不过，子凡不善言辞，憋了一会儿，只说："我会翻三米高的墙。"

伊伊愣了两秒，说："啊，好冷啊。"

我和阿庞哈哈地笑了起来，这是这顿饭里我的嘴巴咧得最大的一次。好不容易笑停了，想了一会儿，我又扑哧一笑喷出了金针菇。所以，虽然这天晚上我和阿庞各自心怀鬼胎，对面的两人又是闪婚燕尔，我们还是挺开心的，还是感到过节比上班好、有伴侣比没伴侣好。这顿饭的滋味也还是挺适合我们年轻人的，金橘汁与虾滑尤其不错，又不贵，只吃了不到三百块钱。

结束的时候，我先去了下洗手间。出来走到门口，听见阿庞在和伊伊聊天。

“我下半年打算出国，想想，感觉有些对不起小雅呢。呵呵呵。”阿庞微醺地摇晃着身体说。

“阿庞，读到博士已经够了。还是先安定下来比较好啊，小雅比我更需要安定的生活。”伊伊说。

“其实也还好。”我向她微笑道，“一个人生活比较自由。他们理工男最好骗，你不想让他知道的事，他就永远也不会知道。”

“我去！”阿庞骇笑，“看来我要加油了。”

“加油啊阿庞，早点让小雅过上好一点的日子。”

子凡结完账出来，我们便一起下楼。这时候是晚上八点多，对光谷来说，夜生活才刚开始，但是我们都觉得应该先回去休息了，改日再见。

“反正接下来几年，我都在武汉了，我们以后见面的机会多一些了，不像前两年。”伊伊边下楼梯便扭头对我说。

“嗯。”

“下次你来我家里找我，我们好好聊聊天。今天太匆忙了。”伊伊说。

阿庞笑问："你们女生在一起聊什么？裙子？淘宝？"

"是啊，"我笑道，"淘宝，还有其他什么的。女人的聊天很乏味的。"

说话间，我们已经走到一楼，来到世界城中间的路上。伊伊走在前面一点，拉着子凡的手。我想起当初和伊伊一起手拉手走在城市街头的情景，其实挺怀念那种感觉的。子凡是适合过日子的人，有他拉着伊伊的手，即便是闪婚，即便子凡未必知道伊伊为什么突然同意闪婚，我想两人的未来还是会越来越好。一个女人对闺密最大的期望不就是这个吗？

我跟在两人身后，绕过一个雕像，再绕过一个小花坛。我习惯了一个人走，但是阿庞也拉住了我的手。他把热烘烘的身体紧紧挨着我，不时看着我笑。我知道此时他的心中对我格外充满爱意，因为酒，因为子凡，因为伊伊。

我没有把手挣开，因为我确实也在爱着他。

我们住的地方离光谷不远。伊伊和子凡住在汉口，要坐地铁回去。我们陪他俩走到人流纷纷的地铁入口，彼此告别。

"再见。"

"再见。"

"下次见。"

"常联系。"

然后，他们专心地走下台阶。

我们折回头，去公交站台。光谷原本在武汉还算齐整，现在中间那块圆盘不知为何被扒掉了，成为一片硕大的工地，拦了漫长的蓝色隔板。我们沿着隔板走了很久，夹在春运一般的人流里走上天桥。没走几步，我们就发现真是昏了头——不上天桥也可以去公交站的，但是扭过头向后面看看，还有更多人在往这天桥上走。前面是人，后面是更多的人，停下来，人们便咂着嘴把面前挡路的身体往一边推。那么，就只有接着往前走，不能再回头了吧？

我便是在这个时候开始哭的。面前的城市渐渐浮动，眼泪静悄悄地流了下来。我不想被阿庞发现，便调整气息抑制住抽泣，跟着他走下去。在天桥下面，我们看见两个喝醉的中年男人坐在马路牙子上唱歌。他们像相扑手一样架住彼此的胳膊，头抵着头，左右摇晃，唱的是一首有点烂俗的情歌："不要说我错，不要说我对……爱情这杯酒，谁饮都得醉……"但是他们的衣裳是很体面的。

"好诡异。"阿庞盯着他们看了看，对我说。然后，他发现了我的泪光。他一愣，但没有说什么，拉着我的手，来来回回地找一班不知何时会来的591。夜晚的都市如一锅百沸汤，那对喝醉的男子已经被我们甩在身后，伊伊与子凡估计已经到了长江那一边。我什么也看不清，只听到阿庞在我耳边说："不要哭，过两年就好了啊。我们明年也结婚……"

"不是的。"我在心里说，"我是突然想到，地铁里人也很多。"

那些浪费的时光和生动的爱

一期一会

雨突然下了起来，快得吓人。二十九岁、衣装整饬的白骅几步迈向路边的屋檐下，先躲过兜头这一阵浇。他夹紧了阿玛尼小包，思量着若这雨一时不停，附近有没有合适的地方避雨。附近有栋未完工的写字楼，空荡荡的一楼还没装门，几个建筑小工躲在那里。两个本地妇女冲到一个报刊亭的伞下躲着，大声向报刊亭大爷索要几张卫生纸擦汗。不行，都不行，白骅紧张地搜寻着。左手边五十米处，有两个年轻男人冲进了临街一家店面，看上去像是一家咖啡馆。白骅想也不想，抬起脚就冲了过去。果然是家咖啡馆！温柔的褐色调、沁凉的空调气息令人如入梦境，外面的大雨立刻被隔在了梦境之外。

白骅今天本来心情不佳。项目招商令人不胜其烦，私驾刹车又出了问题，他只能忍着六月的潮热天气打车来这鸟不拉屎的开发区见客户。但是，一进咖啡馆，白骅忽然平静下来了。我还是很能随遇而安的，白骅想。相比屋檐下与报刊亭，新开的小咖啡馆总要好得多，还可以点一杯咖啡，慢条斯理地打发掉因为下雨而偷闲的时光。

不过，白骅在前台看了一会儿产品单，点了一杯普洱。他只喝朋友从日本捎给他的蓝山。

郊区的咖啡馆一般比较冷清，此时因为躲雨，倒很有些人在座。白骅在靠墙的一个圆桌边坐下，等待服务员送茶，顺便打量四周。这咖啡馆布置得小而精，样样都是咖啡馆必有的，也因此并无新奇。白骅在扶手上撑着胳膊，目光落定在离自己最近的一个女孩身上。

从白骅的角度，看到的是她稍侧的脸。她的脸偏瘦，眉眼细长，是种本本分分的秀气，倒是那肤色令人愿意流连几眼——细腻的、米白色中略带一点鸭蛋青的肤色。这种皮肤哪怕在曝晒之下也不会狼狈地发红。白骅在心里确定皮肤是这女孩的优点，接下来，他又找到了她另一个优点：她的下巴。白骅喜欢这种小而圆的下巴，显得它的主人聪明而又敦厚。总之，这是一张不会令白骅惊艳，但是愿意多看看的脸。他还是青涩少年时，与一个类似模样的女孩有过一面之缘后，他就蛮喜欢这种脸了。

那一年，是六年还是七年前，也是在这座城市里，他还是刚毕业的大学生，顶着炎炎烈日找工作，在一辆公交车上晕车了。邻座一位女孩察觉到他的不适，递给他一瓶矿泉水，帮他缓解了燃眉之急。彼时，他对那位女孩十分感激，而女孩清秀的模样，也有点符合他平时对满分女友的幻想，不禁暗暗心动。

可他从未谈过恋爱，干巴巴地回答着女孩“晕车可有好一点”“毕业生好不好找工作”的关怀，几番鼓起勇气，也无法开口向她要联系方式。他没在目的地下车，于幸福与紧张中又耗了几站，直到女孩下车离开，遗憾才与汗水一起，哗啦冒了一脸。

如果不是下雨，白骅并不会想起这多年前的小事。少男看中少女是常有的事，往往只是当时感觉众芳失色、非她莫属，过一阵子，就淡去了。如今，白骅也有了令他满意的现女友。不过，他总感觉这女孩有某种气质，令他不自觉地将她与记忆中的那张脸重合起来。

服务员端着托盘过来，一只五角玻璃杯里是普洱，送到他面前。另一盏浅水蓝瓷杯里是咖啡，放在那女孩手边。女孩抬起头，道："谢谢。你们这里咖啡可有续杯？"

白骅感到身体深处某根弦震了震。是她！他听到自己在对自己说。"晕车可有好一点？""咖啡可有续杯？"如果只是脸庞相像，也就算了，却连语气也一样，爱用本地方言很少出现的"可有"。不会有这么多巧合，时隔六年，竟然再次遇到当初的女孩！白骅急急地吞了一口普洱，端起茶杯，移步到女孩对面的沙发前坐下。

"这雨一时半会儿是不会停了，竟然突然下这么大。"白骅搭讪道。他并不紧张，因为自己不是面目猥琐的男人。他只是想和这女孩说说话。

"嗯。上午还有太阳呢。"女孩抬起眼睛看了看他，略有些讶异，倒也平静。说完，她的目光移向玻璃墙外。

"这家小咖啡馆倒挺不错，不然下这么大的雨，都没有个像样的地方躲一躲。"白骅也向玻璃墙外看。这个二线城市十分热衷开发新商业区，四方皆是灰黑色的高楼大厦，细小的绿化植物蜷在路边。冷漠而规整的现代社会，唯快不破的商业场，喧嚣的背后是一片灰黑色的死寂。

白骅其实喜欢这种世界，喜欢这种喧嚣与死寂。念书时不知道，一挣到钱就发现自己喜欢。但他眼下对一切利益纠葛暂时都不关心，甚至有点想关掉手机，因为——女孩真是美好的生物啊，尤其是安静、善良又好看的女孩。他稍微侧身，舒服地倚在扶手上，静静打量着女孩的脸。越看越像她，连文雅的气质也一如当年。他看出她在这些年里也成熟了，如今大概二十五六岁，腮边已无毛茸茸的孩子气，却有一丝天真停留在她细细的眉毛里。没有眉粉修饰的眉毛像一种健康的春草，白骅有点想伸手抚摸一下这米白底色上细细的黑。

“你上班了吧，还是在读书？”他温和而严肃地问道。

“上班了。”女孩说。她把目光移回来，在他脸上扫了扫。他看出她神情里有些疑惑、有些犹豫，加上一点百无聊赖，但是，并没有反感。这一点他确定。

“你肯定也上班了。”白骅没有再问什么，女孩忽然开口说。

从这一刻起，就不是搭讪了，而是聊天。白骅在心里微笑起来。他向前稍微俯身，接上女孩的眼神：“对。我比你大，已经上班好些年了。”言毕，心思一动，又加了一句：“如果不是下雨，我们这样从未见过的陌生人，哪里会偶然聊聊天呢。”

“嗯。上班不容易。”女孩简单答了一句，便垂下带着笑意的眼睫毛不再吭声。是的，她不记得自己了，不过没有关系。白骅盯着女孩，从她背心裙里露出的锁骨，到拢着咖啡杯的细细的手指，再回到刘海下的米白色面庞。他感到她没有化妆的睫毛正一颤一颤散发着安静的羞涩。

真的是如入梦境啊，他白骅，不能说是情场老手、玉树临风，放在公司里也是拿得出手的了。他对自己的人生很满意，但那些和眼下都不一样。眼下，他仿佛回到了当年那节摇摇晃晃的车厢里。一瞬间，他甚至想，那日头下金晃晃的空气才是真正的夏天，没有经历过那样的夏天，如今空调屋里的昼夜又有什么意义呢?

“我见过你。”白骅脱口而出，接着微微皱起了眉。是怨自己开口太快，也是出于诚心，想让女孩相信这是真话。

女孩“扑哧”一声，露齿笑道：“你这——”

“不是，我是真的见过你。好几年前，六年还是七年前吧，你是不是在公交车上遇到过一个晕车的男生，给了他一瓶矿泉水？”白骅真诚地睁大眼睛。

女孩微微张开嘴，随即又抿上了。她看上去有点儿紧张，也许是没有料到搭讪竟会变成真的有所探寻的聊天。白骅继续道：“那个时候，我很感谢你，所以对你印象蛮深。我想，不会有长这样像的人吧？而且，我记得你有点外地口音，你不是本地人吧？”

“我是黄山人。”女孩说。

白骅温柔笑道：“黄山，风景很好的地方呀。南方水土果然养人。”他还想接着赞美她几句，想一想又收住了，“不管你是不是她，或者记不记得有这件事，反正我们就当随便聊聊天好了。你看外面雨还是那样大。”两人都向玻璃墙外看了看，马路牙子已经积了长长的水洼，水花密密麻麻绽了一路。“当时，我年轻，看到这样好心的女孩子，都不知道该讲什么。不像现在，我可以坦坦然然地坐在你面前说话儿。时间啊，过得真是快。”白骅道。

女孩依然不答，只端起咖啡，啜饮了一口。咖啡杯放回桌面时，白骅凝视那半杯轻轻荡漾的褐色液体，翻出速溶咖啡稀薄的奶迹，有一点心疼地想：“她值得享用更好的。她配得上……家里蓝山还有。”

“其实，我也记得你。”女孩忽然开口道。

“是吗？”白骅一惊，坐直了身体，“你记得？”

“我不记得，但是听你这样一讲，我就想起来了，以前好像是在公交车上碰到过一个跟你有些像的男生，给了他一瓶水。当时也是夏天，特别热。”女孩有些俏皮地微笑了一下，“不过，我只想起来这些，你其他的记忆我不负责。”

白骅摇摇头，道：“真是难以想象，我们又碰到了。”随即肃然道，“姑娘，当年一饮之情，无以为报。”

女孩笑起来，随手理了理头发，去掉了之前的矜持：“这话倒是怪有趣，像武侠小说里的。”

“是啊，有趣，”白骅叹道，“也是很难得的。那个时候真是辛苦啊，我上班头三个月，试用期一个月才八百块钱，一块钱一瓶的水都舍不得买。你给我的虽然只是一瓶水，但在我心里，绝不只是一瓶水啊。”

“我不了解你当年的生活，”女孩打量着他说，“不过，我现在渐渐记起来当时你的脸了。”

“和我现在的脸有什么不同吗？”白骅认真问道。

女孩想一想，摇摇头：“都不了解。”

白骅深深喝了一口普洱，向沙发背上靠了靠，感觉着那微苦的液体灌入胃里去，浓浓搅动着心中的五味杂陈：“了不了解都是次要的，那是没有缘分的人说的话。我现在要跟你认真地说一句，那个时候，我喜欢上了你。”

这一番话似乎过于用情了。女孩有些戒备地看了看他，正一正脸色，没有说话。但是，她原本固态的米白色皮肤变成了一种水质的淡粉白了，像是水面在风雨里轻轻起着涟漪。白骅喜欢她这微妙的转变，像一点一点亲手搅开一杯上好的咖啡。

稍后，女孩一笑：“那你当时没有要我的联系方式？”

“不好意思要啊。一念之差。如果当时要了，也许我这么些年的人生都不一样了。”

女孩又一笑：“你只见过我一次，就确定我可以让你喜欢？”

“男人是这样的，”白骅微笑，一只手搭在扶手外，大大方方道，“男人即便没有谈过恋爱，但他会对适合自己的女孩有一个设想，什么性格，什么身形，乃至说话的语气。我当时见到你，你一下子把我那个空白的想象给填上了。所以，我确定当时喜欢上了你。”

女孩笑而不答，低头慢慢搅着咖啡。

“你现在有照顾你的人吗？”白骅问。

女孩盯着他看。

“我说真的。”

“有。”女孩说。

白骅盯着她看。

“我也说真的。”

“真好。”白骅叹道，“你知道，我问你这个，是出于一种情谊，没有其他念头的。那一天，真是热啊，热得没有办法正常出门。就像现在，雨这么大，我们这些在外地打拼的人，除了躲雨，其他事情都做不了……你是在这附近工作吗？”

“不是。我来这里见客户。”

“那跟我一样。你怎么来的？”

“坐公交车。”

“这个天气，坐公交车太辛苦了。你怎么总是在热天挤公交车呢？我的车坏了，不然，我可以载你一段。”

“你的车如果不坏，你也不会再遇到我啊。”女孩微笑道。

“那倒是。”

接下来，女孩出了一会儿神。白骅耐心等待着。这当儿，他细细听了一阵雨声。外面几乎只有水泥地，所以雨声是单调而直白的，但在他听来如唱歌：“天青色等烟雨，而我在等你……”同时，咖啡馆里亮起了几盏灯。虽然照亮了这个角落，却只让咖啡馆里更像夜晚了。

女孩慢慢喝掉一半咖啡，开口道：“你猜我刚才在想什么？”

白骅道：“咖啡好喝吗？”

女孩摇一摇她小而圆的下巴：“我刚才想了一下，如果那个时候你要了我的联系方式，是不是我这些年的生活也不是这样了。”

“你男朋友对你不好？”白骅盯住她。

“我讲的不是爱情方面的东西。”女孩目光落在他身后，似笑非笑，“当时，我对那个男生感觉不差。我想能在这样大热天积极地找工作的男生，一定挺优秀。如果他想和我做朋友，我不会拒绝的。”

在白骅眼里，此时她淡粉白的面庞正散发着一种本色的光辉，像月亮。他心里江水滔滔，却克制地微笑：“多谢。”

“但是，我是不可能向他要联系方式的。”

“理解。”白骅点头。

接下来，两人稍稍谈了些有关工作与天气的话题。天空开始打雷，遥远而低沉，但是雨渐渐没有那么急了。馆内有几个人联系到朋友来接自己，起身离开。但是，白骅并不愿意看手机，他不想触碰跟眼下无关的东西。这时，他看见圆桌的产品单旁插着一支小小的铅笔和一卷便笺纸，伸手取过来，在纸上写下自己的名字——白骅，推给她看。

“这是我的名字。你愿意告诉我你的名字吗？”

“白骅。”女孩轻声念道，然后执起铅笔，在白纸的背面慢慢写字。待她写完，纸上是四个淡淡的铅笔字：“一期一会。”

“你的笔名？”

“不是。我看到你喝的是茶，想起以前在书上看过这句话。‘一期一会’是日本茶道里的说法，意思是，面前这个和你一起喝茶的人，也许只会有这一次机会跟你喝一杯茶，以后就不会再遇到了。和白骅是一个意思。”

“怎么讲？”

“白驹过隙。”

“你真的很聪慧！”白骅赞叹，“你就像一朵莲花。”

女孩笑了：“这比方算不上好。”

“但是在我心里，这个比喻最恰当。我从未见过你这样的女孩。”白骅郑重地道，“我一定会记住你的。这跟男女之情没有关系，虽然我连你的名字都不知道，但你已经成为我生命里最重要的人之一！”

女孩迎上他的目光看了几秒，然后低头笑笑：“当不起。”

白骅还想强调什么，但是门口突然发出一阵轰鸣，原来是一辆摩托车停在了门口。紧跟着，推门进来的人样貌有点粗俗，也许是包工头，也许是外卖员。白骅不想看他，努力把话题拉回到纸上：“现在很少有你这样诗意的女孩了。我希望以后还能见到你。这一次，给我你的联系方式吧。”

女孩却微笑着摇了摇头。忽然，她看向玻璃墙外，眼睛一亮：“雨小了，过一会儿就能出门了。你也还有事吧？”

白骅叹道：“我没有别的意思，就是想和你做朋友。你这么聪明，一定明白我的意思，是不是？”

女孩不答，因为她的手机响了起来。她低头快速按动屏幕，回了几句话，然后笑着用手机指了指外面：“你看，雨真的小很多了。”

“你男朋友找你？”白骅有些难过。

“对。昨天我跟男朋友吵架了，今晚他请我吃饭。我想先走了。”停一停，女孩微笑道，“我可是经常会跟男朋友吵架的人啊。”

“我不是在向你表白，我是真的希望能跟你做朋友！我是成熟的男人，也有女朋友，”白骅看着女孩喝光咖啡、擦嘴、收手机，花了一点意志力才让自己没有站起来按住她的肩膀，急切到鼻子都酸楚起来，“你可以跟她认识一下，教教她——她比你小一点，没有你这样——有内涵！”

女孩听到最后一个词，笑了起来，歪着头想了一下，道：“随你吧。我先给你。”停下手里的动作，她在白纸上写下一串数字。

“谢谢你！”白骅感动道。女孩微笑着摆摆手：“再见。”

“保持联系！”白骅说，眼眶已经濡湿。他目送女孩清瘦的背影走出门。她的短裙后身被压出一群褶皱，然这只令他更加心动神摇。

白骅低下头，把纸片上的数字存在手机里：“1386671……”它们是一个即将坍塌的世界里最后的光芒。名字就叫“未名”。完了，把纸轻轻叠成小块，压在她刚喝完的咖啡杯底下。来于斯，归于斯。他只需要记得佳人如莲，未必要留下物品作纪念。

白骅在座椅上缓缓神，喝掉最后一口茶水，起身走出咖啡馆。外面的世界潮湿而明亮，雨丝已似有若无。气温并没有因为下雨而降低，好像比之前更热了。白骅掏出手机看了看，四点半。他用打车软件叫出租车，叫了三次才有车应答。这当儿，他的脖子里就不再清凉干燥，而是开始黏糊糊起来。

看着出租车慢悠悠地从路口转过来，丝毫不在意他一直等待的样子。白骅不禁皱起眉头，但也不说什么，拉开副驾驶的车门，低沉道："光谷八号。"

"老板被雨淋着没呀！突然下大，突然停！"司机大声说。

"没有。"白骅坐定，打开手机看消息。有一个未接电话，是女朋友的。白骅拨回去。二十一岁的小女友正在家里慵懒地打LOL（游戏《英雄联盟》），让他晚上回来带一份榴梿泡芙。白骅顺口答应了，接着打开微信，公司经理找他要下午那个客户的联系方式。他想起客户的表情，心里冷笑一声："话说得再漂亮，一提到投钱，都是一样难缠。"

白骅翻找客户的电话，发现有个电话叫未名。他突然想起，是那个女孩的。他有点惊讶，刚才竟然忘记了跟她聊天的事。也是，雨已经停了。他呼吸着窗外湿热的风，有点儿疲倦。当年一瓶水，现在一杯咖啡……咖啡只有蓝山可以喝。光仔九月回国，不晓得还记不记帮他带一罐。跟他的交情，要是不带，下次喝酒时骂死他。

真要给她打电话吗？名字都不肯告诉自己呢。回头给女朋友看见，还得哄半天。

"好热。师傅开空调。"白骅说着，顺手删掉了未名的电话号码。

那些浪费的时光和生动的爱

献给爱丽丝

当我最初见到爱丽丝找我学琴时，我以为她会与其他几个年纪相仿、身份相类的学生差不多，学上数月半载，消弭了对钢琴的好奇，又散去了当初的热情，便渐渐减课、停课，乃至交了课时费也不再来。这对她们来说并不是大损失，因为她们家中还有一台花费数万元置备的钢琴从此也将蒙尘。

中端钢琴销量在我们这个二线城市一直在增加，同样增加的还有这些学琴的少妇的数量。她们轻熟年纪，受过正规教育，容貌保养良好。丈夫安顿了房与车，小孩上了幼儿园，在某个单位上着按了指纹便可以离开的班，一旦空闲下来，当初身为小女孩时某个隐隐的艺术梦便再次萌发。大型琴房充斥着许多被妈妈监督练琴打得哇哇哭的小孩，像我这种一对一的女老师、小而美的私人钢琴教室便成为她们的最佳选择。爱丽丝符合我所说的所有情况，一点也没有差。

唯一的区别是，这一年多里，我感到她确实把学琴当成一件生活中必需的事来看待了，且她也确实有天赋。课程还未满一年的时候，大部分成年学生只能弹点儿最简化的流行歌，她却用私下时间练出了《献给爱丽丝》。那一次周六下午的回课时间，她向我弹奏了这支曲子。我立刻听出几处指法的生涩，也看出她在技巧上的力不从心，但是，这些掩盖不了更重要的东西——她的灵气。我感到她心中有细腻的东西在与旋律的上扬或低徊吻合，尤其是在那些沉下去的低音处，她右手用力按下和弦，左手在单调的震荡里反复凸显着旋律中的不安。

很多年前，我学这首曲子时，课程指导上写着“这一段描写少女不平静的心事”。如今，我们都不是少女了。我们若有心事，多半是关于家人、亲戚和钱。很单调，也很明了。果然，这节课末尾，我写毕课时记录交给她时，她低声道：“我老公跟我说，钢琴没必要一直学下去。”

“你自己怎么想？”我从不打听学生的家事。

“我还想学。”她接过记录本，塞进挎包。

她的老公我见过。这样的女学生，起初常常都有老公来陪伴的。起初，他们乐意在钢琴旁边坐满一个小时，听自己的女人颤巍巍地按动琴键，进行最简单的指法练习：12345，54321，132435421。他们眼中露出好奇与欣赏的光芒，仿佛隔日老婆就能弹奏《少女的祈祷》。但事实是，当她们还没有练到音阶时，他们就开始玩手机；老婆进入正式练习曲时，他们已经厌腻，不再来了。爱丽丝的丈夫就是其中一个，一点也没有差。

我觉得爱丽丝的老公跟她不太搭。爱丽丝文静、秀丽、有修养、有灵气。她老公呢，也不错，只是他的生命好像在还清房贷、车贷后就停滞了，一种男性的自负阻碍了他继续成长，使他变得无趣起来。两个人的精神世界是璞玉与石头的区别。但是，这又怎样呢？毕竟她老公只是建议她停止学琴，又没有强硬阻止。且随后几个月，爱丽丝照旧按时出现在我的教室里，保持着课程进度。

我从不打听学生的家事，只是在芙兰的酒吧里跟她谈起这个女学生时，称她为“爱丽丝”：“那个弹爱丽丝的女人。”“那个爱丽丝。”

“爱丽丝弹得很好听吗？”芙兰问。

爱丽丝眼下弹得还不是很好听，但是她勤奋。差不多每个月，她都有独自加练一首乐曲，多是古典而简洁的抒情曲。她表演给我听，我指点几处让她修正。如此，课时往往会加长，但我并不介意。

其实，像她这个年纪的女人，学琴只是为了消遣而已，为何如此勤奋？我心中这样想，但并不说什么。她也不说什么。我未见过比她更寡言的学生，极少提及课程之外的其他，神情总是平淡随和。只是有时，赶上下雨、下雪的天气，她来时有些气喘吁吁。我猜是如今她老公不再开车送她来学琴，她要自己乘车。

爱丽丝学琴到一年零三个月时，我们更改了授课方式。那次上课前一天，她打电话给我，委婉地问我可不可以上门教习，她出交通费，因为她最近实在没有时间。我让她报出家庭地址，看并不甚远，便答应了。

也是出于好奇，想看看爱丽丝的家。

我寻到那个新式小区，应约敲门，开门是一个五六十岁的老妇人，问我：“你是许洁？教钢琴的？”我答是。她让我进来，喊爱丽丝接待。

“许老师，真是麻烦你。”爱丽丝微笑着递过拖鞋，神情如旧，只是带了一丝歉疚。

“没关系。”我回答，瞥见老妇闪进卧室。

“你婆婆？”我低声问。

“嗯。”

老妇并未喊我一声老师。这也正常，我不是教她四岁孙儿的老师，和她家前程无关，便算不上老师。她当我是一个晚辈，一个上门来与她无关的陌生女人，也是合理。

爱丽丝的钢琴在书房。书房其实也是更衣室和贮藏间，堆放了许多已经用不上的婴儿用品。此时是下午四点，爱丽丝的公公带了孩子出门玩耍，一般家庭最消闲的时刻，她的婆婆却频繁进来翻找物品，询问爱丽丝：“那个没拆封的黑袜子呢？”“那个小宝的背包带子呢？”“毛刷子呢……”

琴声零零落落，爱丽丝一一回应。我看出她不能关门，便自己起身，将书房门带上。

“刚才隔壁小赵约我们晚上一起出去散步。上了课，我们早点做饭。”这回却是她丈夫推开门，说毕，轻轻把门带上。

已经快五点了，这一节课快要结束了，室内渐渐暗下来。我看到爱丽丝鼻翼与下唇投在清瘦脸颊上的阴影，看她背对全世界，努力在重重阻碍里推进一首刚刚学会的练习曲。我这才知道她学琴的难处，比我猜想得更加具体、冗杂。我突然很想握住她的手，吻上那孤独而良善的嘴唇。

当然，我没有吻，只是按住了她一只手。我的手心带着一点温柔，但是，是以老师或朋友的身份。

“今天就到这儿，你把《献给爱丽丝》再弹一遍吧。”

距离上一次她弹这首曲子已经四个月了。她进步了一些，熟练了一点。中途还是有一点卡壳，我微笑听着，并不在意。我喜欢看她弹这首曲子的侧影，像少女而比少女更有一点辛酸的单纯。

接下来是她最喜欢的低音区，双手交错震颤。正在投入间，我听到墙壁有响动。“咚咚，咚咚……”

“隔壁又在捶墙了。”她停下手笑道，“隔壁是一对中年夫妻，经常在我练琴时捶墙。”

“那边很响吗？”

“我以前也以为是响，后来我自己做了实验，发现隔一堵墙，钢琴声音不大。他们的小孩也念大学去了，他们平常在家只是看电视。”

“他们就是不喜欢听到你练琴。”我笑。

“是啊。像我这个年纪的女人，应该去跳广场舞，而不是学钢琴。”她用一个指头按着音阶，嘟嘟嘟的琴声在小小的书房里有点闷，“跟你说个好玩的事。我以前真的跳过广场舞。”

“你看上去倒是不像会跳广场舞的。”我静静观察她。

“是我婆婆带我去跳的。那时候宝宝还小，我老公下班后愿意带孩子，让婆婆跟我解放一会儿，去外面跳广场舞，玩一玩。我跟婆婆去跳了一个月，觉得还是该做点其他的事情。同样那一两个小时，如果学钢琴，应该比跳广场舞雅致一点。”

“你不学琴，也是个雅致的女人。”

她笑起来，摇摇头：“不知道，这两年整个人都乱糟糟的，哪里还雅致？但是你看，虽然都是在玩，我跳广场舞，老公和婆婆都支持，学钢琴，他们却好像不太同意，觉得我浪费了时间。明明这两件事，都只是生活的调剂。学琴也没有占用更多的时间，都是每天一个小时。”

因为人往往不愿意看见最亲近的人努力向上，离开之前与他们一起停留的混沌世界。他们会把这当作无声的威胁，我想。但我没有说出来，只说：“我感觉你不是只把钢琴当作生活的调剂。”

“对。”她抿嘴微笑，“我是真的喜欢，我想学到得心应手的程度。许老师，你看我大概还要学多久？”

“两三年。你学得快。”我鼓励她。

“那也不是很久。”

“对，坚持坚持就过来了。”

我从未和她说过这么多话，我也从未这样接近过她的生活。在她家的那几个小时里，我发现这个家虽然宽敞整洁，却始终处在一种濒临混乱的状态。除了她，那个男人和老妇好像都怀揣一点随时爆发的紧张感。这仿佛一间怎么收拾都有很多小碎物无法归置的屋子，这些碎物遍布各处，不会毁掉屋子，却能让住屋子的人精神崩溃。

后来，我让她坐到一边，自己弹了一遍《献给爱丽丝》。我听到隔壁再次捶墙，手下动作一换，弹起贝多芬的《悲怆》，荡气回肠的第三乐章。我大力敲击琴键，那一刻，我感到自己就是个男人，在用自己最本质的力量保护一个女子。我听见墙壁的咚咚声带了气，却只用更加整齐高昂的旋律回敬。后来，他们便不再捶墙了。

“我什么时候能弹出这样的曲子呀！”一曲终了，爱丽丝露出羡慕的眼光，“我只能弹弹《献给爱丽丝》，而且还弹得不好。”

弹琴好不好是其次，你的《献给爱丽丝》里有你本人的气质。我心想。然而，嘴上却玩笑道：“隔壁被我震住了，以后你就放心练。”

那是一个特别的下午，琴声与对话如一针一针刺绣，过程很美，时间却不够哪怕最简单的一幅图成形。课程结束的时候正好快到饭点，她的公公已经带着孩子回来。爱丽丝的老公虚留我用餐，我自然没有答应，但我却有一点狡黠的冲动，想把爱丽丝邀出来吃饭，因为我发现我对这般三代同堂的家庭真的没有丝毫羡慕。我想把她救出这个屋子，让凡是不愿意她学琴的人都在我们身后张口结舌。

但我没有开口，因为那个孩子——别人都没有关系，却是那个只有四岁的小女孩，依偎在爱丽丝腿边。她体内流着爱丽丝的血，这让我敬畏。

我接过车费，离开。

后来，我没有再去过爱丽丝家里，因为爱丽丝不愿给别人添一点点本可以没有的麻烦。她总是那样容易抱歉，容易低下声微笑，唯恐对与己有关的事物考虑不周。这种柔和安顺也许让她嫁到了一个经济优渥只缺一个好媳妇的夫家，却也成了她的枷锁。我旁观着，觉得她这个性格可能一辈子也改不了了，一辈子她都是无法照顾好自己的小女孩。而岁月却任性增长，谁也不会主动照顾一个将逾三十的主妇。

这让我心里叹息。

后来，爱丽丝自己加练的乐曲越来越少，终至没有，只能完成需要回课的练习曲。甚至，连回课曲目也有几次不能顺利弹出。爱丽丝告诉我，有一次公公生病，婆婆与丈夫在医院照料公公，一应家务暂时都由她承担。公公病好后，丈夫却没有恢复以往共同分担家务的意思，而接送孩子放学本是婆婆的日常事务，也默认转移到了她身上。

“我没法开口，谁让我在学钢琴呢？他们都没有做别的事，都在照管家里……”在一次实在糟糕的回课以后，爱丽丝难过道。尽管我对她生涩的弹奏没有表达不满。

“他们有明确开口，叫你不要学了吗？”我问。

爱丽丝顿一顿，没有回答。但以我的了解，这应当是默认了。

接下来那一周，她耽误了上课的钟点。她来时，排在她之后的一个女孩已经开始上课了。爱丽丝在客室中等待，不停地回复手机短信，眉头凝重，似在与手机那头的人吵架。

“真是不好意思，耽误许老师时间了。”女孩离开后，爱丽丝不停道歉，“我要不要改天再补上这节课，不然会耽误你吃晚饭。”

“没关系，我吃得晚。先听你弹弹吧。”我执起绒布擦了擦琴键，让爱丽丝坐下。

但她坐下后，却没有将手放上琴键。怔了一怔，她尴尬微笑道：“许老师，我这次弹得可能比上次还不好。这个礼拜的练习曲……我只练了一半。”

我心中明白：“没关系，好坏都弹给我听听。”

她抬起瘦长的手指，奏出的却是《献给爱丽丝》。如今又是几个月过去，虽然练得比以往少，也仍有进步，她终于可以驾驭那几小节里复杂的指法了。

“弹得不错，”我赞许道，“你还是练了的。”

爱丽丝微笑：“有时候静不下心来磨炼习曲，就反复弹这支会弹的曲子，弹得熟一点也好。”

我点头：“这样也很好。”

爱丽丝似松了一口气，微笑着和我说些家常话，断断续续弹些其他的小曲子，只是不甚熟练。我看到她在这间教室与那个家之间清澈见底的距离，心里做了决定。

“其实，你可以不再学下去了。”我忽然说，“《献给爱丽丝》你已经弹得很好听，可以作你的保留曲目。”

爱丽丝默然。片刻，她说：“好。”

“谢谢你。”她又说。

“不客气。”我说，“我把剩下的课时费退给你。”

“不用不用，”爱丽丝忙道，“没有多少——也许我以后还会来接着学。”

但是我知道，她不会再来了。以往所有的少妇，没有一个在终止之后再来过。爱丽丝虽然比她们可爱一些，也未必能逃过这样的循环吧。在这个下午以前，我从没想过要劝爱丽丝停课，因为每次见到爱丽丝，我都是喜悦的，这是一种单纯的、纯粹因她这个人本身带给我的喜悦。但是，和这喜悦相比，我更希望爱丽丝本身能有更多明亮的时刻，而不是现在，跌跌撞撞，如迷路的小女孩一般恓惶。

“那我请你吃个饭吧。”我说。

“我教爱丽丝弹琴一年零九个月，刚好到她把《献给爱丽丝》弹顺了的程度，终于把她约出来吃了一次饭。吃饭的时候她问我，为什么跟她差不多年纪却没有结婚。你猜我怎么回答的？我说，为了钢琴。她露出很钦佩的表情说，像我这样为自己的理想敢于放弃婚姻的女人真了不起。我说是啊，我的前夫总是不支持我学琴，更不支持我开琴房教琴，只想让我安分守己待在家里当个小太太，在他想放松的时候弹几支小曲子给他听就够了。我一气之下就和他离了婚，自己一点一滴弄起了这个钢琴教室。

“你知道吗，我给她编了这样一个‘现代独立自强女性’的故事，因为我知道，这会让她对自己的选择感觉好一些。我接下来告诉她，我对我的经历并不自豪，因为我的前夫爱我，我也爱他，我只是抵抗不了自己的性格风暴，那种反抗的冲动压过了两人的感情，其实这是很伤悲的事。如果你爱你的家人，对钢琴也并非爱如性命的话，放弃也未尝没有什么不好。”

“她爱她的家人。”芙兰一边擦酒台一边说。

“没错，”我苦涩地笑道，“她确实爱她的家人，多于对钢琴的爱。她说她很欣赏我，但让她像我一样生活她做不到，回归家庭，她还是乐意的。”

“我没想到我会开口劝她离开。更没想到，我竟然没有勇气告诉她我自己的真实面目。我用虚构的人生经历鼓励她回到她那个平庸的家庭里去，但我的生活何尝不平庸呢？芙兰，你开这个酒吧已经九年了，我教钢琴也有七年了。我还记得十七岁的时候，你第一次吻我、抱我，我是多么恐惧又惊喜，整个世界一下子变得崭新又可怕。我一下子有许多东西要表达，但我又不敢向任何人说，便疯狂地练琴，用琴声诉说。

“我才十七八岁，最喜欢弹的却是贝多芬的《悲怆》。在那之前，学琴只是一件日常的任务罢了。我以为我会是特别的，不幸又特别。几年以后，我们分手那会儿，这种感觉更加强烈，我觉得我完了，又觉得我重生了，世界在我面前有无数条路，没有人告诉我该走哪一条。但是如今你看，我弹琴已经只是谋生的技能了，我跟这个酒吧里很多女人一样，不结婚不过是不结婚而已，很多其他的人也不结婚。我们没有遇到真正特别不幸的事情，那些曾有的不快乐不过是像爱丽丝的家人阻碍她学琴一样，都是安全范围内的小烦恼罢了。”我接着说道。

“你今晚喝得有点多了，”芙兰说，“我第一次听你说爱丽丝的时候，就感到你可能在她面前重新变成当初那个情绪化的你。”

“是啊，”我带了五分酒意，“我没想到……她完全是一个正儿八经的小太太，但就是因为没想到，这种感觉才那么真实。”

“所以，你确实为她着想了。她那种单纯的女人不适合接触危险的事物，按部就班地在家生活更好。”芙兰开始给我调第三杯玛格丽特。她调玛格丽特已经九年，浅淡的黄色液体倒映过数不清的女人面孔。起初，那些女人从我手上接过酒杯，如今，我也是酒馆的客人。龙舌兰剧烈的香气消散以后，我们将各自延续着什么样的生活？起初，是欲说还休，如今，是喋喋一夜，也并未提及重点。

“就让她过去吧。”芙兰说。

我点点头。我本带着酩酊大醉的心来芙兰的酒馆，但到此刻，却逐渐平静起来。我对着不远处的金属柜整了整头发，准备回家。明天，还要给另一批学生上课。

我知道，我再也不会遇到爱丽丝了。这种告别是永远的。其实我们只是认得，从未相处过，我们的交集只是一曲《献给爱丽丝》。它简单的旋律让弹琴的人变得独特，旋律停止以后，她将被她的生活慢慢淹没，我也是。这只是日常世界无数告别之中的一个，唯有在我心中，再不会有哪一曲爱丽丝能盖过她磕磕绊绊的弹奏。

当我思念她时，我可以再让旋律奏响，直至我不再思念。这是我与她的终点，虽然，她永不会知道，她曾与怎样一双看她的眼睛擦肩而过。

琴声若诉，止于无声。

那些浪费的时光和生动的爱

密室爱人

1

心蓝是什么时候将书桌的抽屉锁起来一只的，我不知道。想想，应该是“十一”假期结束，她不再锁上门的时候。

心蓝为什么要锁起来，我不知道。我知道的是，就算问，她也不会回答，因为她一向如此，在我不需要她回答的事情上总爱天马行空地向我啰唆着，在我希望她有所回应的事情上反而没有态度。或许她认为，没有态度就是她的态度，就是告诉我，不要问她。

“我不能给自己留一点隐私吗？”如果再问，她就会这样回答，嘴巴还瘪着，像小学生一样。

总之，抽屉就这样锁住了。心蓝在我买的房子里，在我们共同的家里，锁起了书桌的一个抽屉。今天是周末，心蓝先起床出去买菜。我随后起床，发现牙龈有些发炎，想起心蓝平常偶尔也会牙痛，说不定备有消炎药，就去家中常放药的杂物柜里寻找，没有找到，便去她的房间里找。打开她的书桌柜子，每一个柜里都是些小玩意儿、小本子之类，什么药都没有。我想着，真没有药就算了，用盐水漱漱口就行了吧，一边无聊地试图抽动最左边的那个抽屉，却发现它被紧紧地锁了起来。

和其他人家一样，我们绝大多数柜子、抽屉都不会上锁，只有一些重要的证件会锁起来。钥匙我们一人一把，串在钥匙串里随身携带。另有备用钥匙放在我们夫妻都知道的一只小盒子里，搁在卧室衣柜的一个隐蔽角落。我走进卧室，翻出盒子，将里面的小钥匙全拿来，一一试图开这只抽屉，都没有打开。

我有些厌烦，使劲拨动抽屉，想听听里面是什么动静，听声音来猜想锁起来的是什么东西。然而，这书桌质量不错，抽屉纹丝不动。

窗外的风从亚麻布窗帘的缝隙里吹进来，令我裸露的脖子起了一阵微微的凉意。这风的温度令人想起，这个秋天将要结束了，冬天就要来了。我抬眼看看窗外暗淡的天空，叹了口气。

2

心蓝的房间在家中两间卧室之间，面积最小，窗户也小。按一般的设计，这间房会作为书房或者客房。如今这年代，书房跟客房一样，都是退而求其次的空间，没有多少人会长时间待在里面。可是，心蓝在第一次看房的时候，就提出要这间房。

对，她确实是这样说的："我要这间房。"好像她不是女主人，是来租房子似的。

她既然要了，那么这间房的装修就按她的意思来。心蓝的理想是"森系"。森系的意思，大概就是崇尚自然吧。如今，崇尚自然比人造要麻烦多了。我们这种城市根本不会有她想要的那种纯色亚麻布的窗帘，她去了很多商场，都没找到。最后，她在网上买了布，寄给一家裁缝店，让他们按她的喜好制作，弄好了再寄回来，前后折腾了将近一个月。

窗帘挂上墙的那天，正好妈妈来帮我们收拾房子。她和我看了，都觉得有点怪怪的。那窗帘刚挂上去就像已经挂了半年，而且那颜色大概永远也洗不干净。

但我们都没说什么，后来弄进来的那些更文艺的书架啊，蒲团啊，摆件啊，我们都没说什么，因为比起心蓝起初的想法，这已经最接近正常了。心蓝一开始甚至不愿意刷墙壁和铺地板，要整个四壁都保持毛坯房的原初状态。我和她交涉了很久，直到装修师傅劝她“毛坯房会掉灰许多年，你怎么都打扫不干净”，她才同意铺上了和客厅一样的三合板，但乳胶漆还是不肯用，而是选择了灰蓝色的墙纸。所以这间房，哪怕在采光最好的时候，亮度也只有别的房间的一半。

唯一正常的家具是一张书桌。那天，我跟她一起去买书桌。她试了好几个，最后自己也承认，还是传统式样的书桌用来看书、写东西最合适。桌子买回来后，也按传统摆法，放在了光线最好的窗前。

于是这张书桌，就好像这间房的定海神针，免得让整间屋子弥漫着误入咖啡馆的怪异感觉，但这间房还是免不了成为我那些来参观房子的哥们儿的笑话。当面，他们自然是夸赞她很有文艺情调，但私下里和我聊天，总免不了提醒我：“娶这样的老婆，怕不是很好伺候吧？”

六年来，这样的问话我听过了许多遍。“谈这样的女朋友，怕不好伺候吧？”“你真要跟她结婚？怕不好伺候吧？”我每次都只是笑一笑，什么也没说。

要我怎么回答呢？六年好像弹指而过，我和她的关系一如当年，她确实永远也不会听我的话。

3

六年前的春天，我们在W市的大学里初识。当时，心蓝只有二十出头，念大三。我当时大四，已经考上了当地一所更好的大学的研究生。我劝她最好也读个研，哪怕就在本校随便读读也好，这样我们就能在人生节奏上同步。她不愿意，对我说：“我不适合学校，也不适合这个城市。”

“我想到江浙去，那里的文化气息更浓，更适合我。”

“白天去文化公司上班，晚上回来写作。周末就和志同道合的朋友一起开个小酒会，爬爬山，吹吹牛。这就是我想要的生活，我才不要过师兄、师姐那样天天不是导师就是论文的生活呢。哈哈。”

我至今还记得心蓝站在盛开的桃树下对我说这些话时充满憧憬的样子。她白里透红的圆脸上婴儿肥还未消净，她所志于的写作也还只限于电脑里那些一写出来就作废的文档。当时，我立刻在心里计算时间，她若去江浙，那我们就要异地恋上一段时间，等我读完研才能团聚。这段时间应该是两年到三年。不算长，也不太短，关键看我们怎么处理。

我最终的处理，是没有阻拦她，放任她在大四时所有的简历都投给了江浙沪一带，最后她定在了杭州。我看她就像看一个小女孩，因为她喜欢诗歌而不是新东方英语，喜欢读书和写字而不是学生工作，所以她比同龄的女生显得天真许多。她好像不知人间疾苦，也从未想过未来，像开在襁褓里倔强的花。

心蓝的心很单纯。这是我在那么多女生中，莫名就被她吸引的最重要的原因。我不能背弃自己的初衷，用那些世俗的想法伤害她这份单纯。而且，我的导师能够保证我毕业后得到一份比较不错的工作，加上家里父母的经济支持，毕业后，我很快就能具备结婚的条件。那在这之前，就让她出去增长些社会经验，也是好的。女孩子嘛，不能总像温室里的花朵一样生活，那样永远也长不大。

“三年后，你就回W市跟我团聚哦。”我说。

“嗯。”

“拉钩！不许反悔。”我伸出手逗她。

她坐在我的膝盖上，甜甜地笑着，把我的手拍到一边。

啊，那校园恋爱时光啊。当时不觉得，现在回想起来，确实是美好的。好像只是拉拉手、散散步，就能阳光灿烂一整天。冬寒夜里一起吃路边麻辣烫，热腾腾的白汽是如今任何暖气房都比不上的温暖。哪怕她穿着最陈旧的衣服来约会，我也觉得她浑身发着光。但我们终将毕业，终将结束这轻松的岁月。我先去读研了，我们的见面从一天一次，变为一周一次。再过一年，她去了杭州，就变为一个月一次，甚至两个月一次。其实，她在杭州过得挺辛苦。

杭州的消费很高，她的每个月的工资仅够日常开销，至于写作所得的稿费，只是杯水车薪。好在她是家中的独女，父母定期给她一点资助，她才能在每个月来见我时，穿一身新衣服，高高兴兴地谈论认识了哪个爱文学的新朋友，去了杭州哪个有名的文艺书店，下个月要在哪本杂志上发表新小说。这样看来，她在杭州的生活也不是完全不如意。

与此同时，我在W市的大学里读研。生活无非是做实验、看文献、发论文，陪导师吃饭，向师兄、师姐敬酒。我的发际线退了一点，肚子圆了几分，胡楂儿里隐约留着青春期的痘印。三年后，导师帮忙让我进了W市的供电局，父母也托在W市有关系的老朋友以相当实惠的价格买了一套学区房。本来父母这几年一直在操心房子的事，如今买得如此物美价廉，实在出于意料，我们一家都为此高兴了许久。

当时我想，如今一切都顺利，只等心蓝来W市，我们就可以结婚了。然后，我帮她找个清闲的单位上上班。真要不工作也行，那就早点生孩子，我们两人都是独生子女，可以生两个，我父母也希望我们生两个。

但就在这万事俱备的关头，我和她爆发了恋爱五年以来最激烈的争吵。心蓝说："我不喜欢W市！那里又大又乱，不适合我！"

"你就知道喜欢不喜欢，你都二十五六岁了，能不能不要这么情绪化？"

"人生在世，连自己的喜好都不看重，还有什么意思？"

"你完全就是按感觉走，感觉好了什么都好，感觉不好什么在你眼里都是个屁！"

"你为什么不能来杭州？为什么要我去W市？"

"不是跟你说过了吗，因为杭州找不到好工作！"

"杭州这么大，难道连一个像样的工作都找不到？"

"在杭州能找到人进供电局吗？在杭州市区能买到五千块钱一平方米的房子吗？你务实一点行不行？"

"那你娶你的房子好了！"

每次争吵，总以心蓝的这句气话结束。我有时无可奈何，有时气得发抖。我如今才发现，心蓝完全不明白，江湖浪急风高，总在世外漂泊，不是女孩应该走的路。

僵持几日之后，我只好向父母们求救。心蓝的父母得知此事，专程去了杭州一趟，劝她在合适的年纪做合适的事。我的父母一向很少干涉我的情感生活，这次也给她打了电话："我们不是要催你来W市结婚，而是你到这边来，大家可以照顾你，帮你找更好的工作，不像你一个人在那边那样辛苦。W市也是很好的城市，以后发展空间很大，你喜欢文化类的工作，叔叔就认识好几个人，能帮你进这里的文化局。”

她的父母是怎样和她交涉的，我不知道。妈妈打电话时，我在旁边，从头到尾，妈妈的语气都很平和，说的话也在情在理，我在心里暗暗感激。只有那么一两秒钟，我好像听到了电话那头有哭泣声，但这只是一瞬间的疑惑，再听，就听不到了。

翌日，心蓝发短信告诉我，她向公司递交了辞呈。

4

心蓝回W市后，我们的第一件事就是装修房子。房子的全款是我家出的，父母希望心蓝家能出些装修款。心蓝父母也是很明理的人，很快就将装修款打了过来。这笔钱装修整个房子已经足够，但心蓝说：“我也有钱，我也要出一部分。”

心蓝在杭州工作了两年零三个月，所攒的钱只有两万块钱。她将这点钱盘算来盘算去，只够装修一个房间。自然，装修的就是她那文艺小天地。

“这间房子就属于我，可以吗？”装修基本竣工时，心蓝对我说。

“整个家都是你的呀。”当时，我整日徜徉于小窝终于筑成的快乐之中，随口答道。

“不，你好好听，我的意思是，这间房里面只放我的东西，门钥匙只给我。如果我愿意，我可以把自己锁在里面，你们不进去。”心蓝摇着我的胳膊说。

“哎呀，分那么多你我干吗？”

“行不行呀，我想要一个只属于自己的小空间。”

“好吧好吧，它是你的，我不进去。哈哈。”

当时，我也是把心蓝当成小孩看待的，像刚有自我意识的三四岁的小孩，抱着一辆摇摇车或者一个玩具熊急切地对来人大叫：“我的！”可笑又可爱。但我没有想到，心蓝真的把这间房子当成了她自己独有的领地。她写东西时，自然会把自己关在里面不让我打扰，不高兴时也会钻进屋子里，把门一锁，半天不出来。不写作也没有不高兴的时候，有时也会丢下一句“我要一个人待一会儿啦，别理睬我”，就消失在那个小世界里，“咔嗒”一声把门锁上。想靠敲门把她敲出来是不可能的，只有她自己乐意才会出来。我只能偶尔在她开关门的罅隙，看见桌面被阳光晒亮的一角。

她也真的没有给我这间房的钥匙，那一串三把钥匙，另两把不知道被她藏到哪里去了。

提起这些，真是让人哭笑不得。其实，这间房里没有我的东西，平常家里的其他空间完全能够满足我，但那长日锁闭的门内，总像是潜藏着一些我不能掌控的、让人心焦的东西，像是家里寄生了另一个家。

我不介意，因为我不喜欢掌控他人，但我也希望心蓝能对我敞开大门。我这样向心蓝说了，心蓝想了一想，说："你可以让我邀请你进去。"

哈哈，这话真的很可爱。我想。随后，我向她翻了个白眼。心蓝大约觉得我这表情也很可爱，咯咯地笑出了声。

但笑过之后，一切如旧。

5

到这一年的"十一"假期，我们结婚半年有余，新房入住也有三个月了。我的父母想来W市住一个礼拜。我怕心蓝会在我父母面前也动不动把自己关在房间里，便提前向她打了招呼，心蓝表示同意。

刚开始一切都顺利。父母来了三天，她和我一起忙内忙外，并没有显露任何怪癖。第四天，家里来了客人，是父母的旧友。那家人有一对双胞胎男孩，正是六七岁顽皮通天的年纪，在我家里上蹿下跳、大嚷大叫，大人们无计可施。正在热闹间，我瞥见心蓝悄悄钻进她的斗室，轻轻关上了门。

同时，我发现，妈妈也注意到了她的举动。

半小时后，那对小男孩被几个大人弄去附近公园玩耍，家中终于清静下来，心蓝却一直没有出来。我和妈妈在客厅里等了等，妈妈终于走过去，试图开那房间的门，没有打开。倒是心蓝听见动静，很快把门打开了，问道："妈，做什么？"

"心蓝，他们去公园玩了，你也一起去散散心吧？"

"啊，我不想出去。"心蓝笑道。

"你在干吗啦？"妈妈试着推了一下门，向内张望。

"没干什么，看书。"

妈妈点点头，转身走开。我旁观这一切，皱起眉头，在心里说：不要锁，不要锁。

随后，我听见了那"咔嗒"一声。

妈妈和我对视了一下，我们都愣了愣。随后，妈妈走进厨房里，开了水管，开始洗什么东西。

我感到胸中开始有了怒气。我觉得必须要说点什么了。我可以容忍心蓝在我面前锁上门，但我见不得她拒绝我的妈妈。我腾地站起身，走到门前，砰砰砰地敲起来："王心蓝，快开门，我有事跟你讲。"

门很快开了，心蓝和她身后灰蓝色的墙纸出现在我眼前。她好像知道我为什么敲门，低声说："刚才门是风滑上的。"

"问题不在门是不是风滑上的，"我用力将门一推，从她身边走进去，站在书桌边说，"问题是你根本没有把我们当成你的家人。"

心蓝不吭声，轻轻把门掩上，转过身来看着我。我也看着她。她的眼神复杂，但我没有兴趣解读。这些年，我试图解读她奇怪的内心已经花了许多精力了，如今我有了最终的答案：不需要解读，没必要解读，要做的不是去解读，而是直截了当向她申明该做什么，不该做什么。我们已经不小了，已经是奔三的年纪，没有权利也没有义务再纠结于什么文艺情结。

“你见过任何女人，在自己的家人面前锁上门吗？那等于把别人拒绝在自己的生活之外，这是很不礼貌的，你想过没有啊？”我低沉而温和地说，但我知道这声音挺严厉。

“我想有一个自己的空间有错吗？你不是同意过——”心蓝的声音也严肃起来。

“我那是纵容你！”我打断她的话，“你已经结了婚，为人妻，以后还要为人母，你这固执的样子要到什么时候？”

未等她回答，我又说：“就说这间房间。我们家现在只有两间卧室，现在父母来了还有地方住，以后有了小孩，怎么办？让他们睡沙发，还是小孩睡沙发？等你有了小孩，你也不让他进这间房吗？事实上，这间房作为客房才是最合理的，而且它同时还要作为储藏室，因为我们是一家人，要考虑整个家的生活调度，知不知道？”

说完这些，我们都沉默了很久。我在书桌旁坐下，看着十月的秋阳晒在那亚麻布窗帘和书桌上，感觉静立在门边阴暗处的心蓝离我很近又很远。几本随意摞在一起的书被照得亮莹莹的，一本打开的书反扣在桌面上——《英国病人》。不用翻内页我就知道，这一定是讲那些阴郁的、神经质的、死又不愿活又无聊的人的书。她总是看这样的书，从我认识她起，她就梦想着写出这样的书。但我真怕啊，真怕她写不出这样的书，却已经成了这样的人。她是我一生最爱的女人，我怎么能忍心她变成这样的人？

想到这里，我心里突然又软又酸楚。我走过去，走到心蓝身边，伸手抱住她，紧紧地摩挲她的脸颊和头发，说："以后不要再锁门了，好吗？算我求你。"

心蓝的呼吸在我的脖子边一段一段地发着热。许久，她轻轻地点了点头。

6

从这天起，心蓝真的没有再锁门。一周之后，我们在这间房间里添了一张折叠床，这样，家里来客人较多的时候就会从容些。

过了一周，妈妈来帮我们收拾屋子，将一些换季的衣物和被褥都装进收纳盒里，推进了这个房间。

又过了一些日子，我们买了一辆折叠自行车。平常不用的时候，自然也是放进这个房间里。

如今，这间房终于派上了实际的用场。我心里感觉舒服多了，好像家中突然多开了一面窗，透了许多气。而心蓝，我也觉得她变得随和了许多。是的，人的变化，有时确实需要身边的人稍微推一把，而有时一个小小的变动，会给整个家带来氛围上的彻底改善。很长一段日子里，我沉浸在这种快乐之中，甚至因为去了心结，乐意看一看以前不爱看的心蓝的小说。

直到发现这把新的锁。

发现抽屉打不开以后，我稳定了一下心绪，坐在客厅里等心蓝回来。屋里很安静，牙齿一跳一跳的疼痛也渐渐明显，用舌头舔一舔，有点涩，有点酸，更多的是一种无法完满的失落，就像我现在的心情。

心蓝啊心蓝，你为什么总像个小孩子？我苦恼地想。

大约一刻钟后，心蓝带着外面的风回来了。她拎着两袋蔬菜、一包鸡蛋和一只柚子回来，一边稳住手里的东西，一边摇摇晃晃地换上拖鞋，然后走进厨房，一样一样地放进冰箱里。看到她这样家常的样子，我反而觉得刚才的烦恼有些索然了，心想，有什么好计较的呢？只是一把锁……

但我随即想起她在我妈妈身后断然关上门的样子。想到我妈妈的眼神，那眼神分明在说："儿子家不是自己家呀……"我抬起头又低下头，深深地叹了一口气，说："心蓝你先别忙，我跟你有事情要说。"

“说吧，我一回来就看出来了。”她踮着脚，将柚子放在冰箱顶上。

“哦，”我倒有些意外，定定神道，“你书桌抽屉里锁着什么呀？”

心蓝在厨房里停住手，然后背过身去，说：“没什么。”看她的背影，我感觉她好像正在笑。

“没什么，那干吗要锁着？”

“好玩呀。”心蓝真的笑出了声。

“你怎么发现的？”她问。

“你别管我怎么发现的，”我渐渐不耐，走进厨房，在她身后站直身体，“我郑重地问你一句，你到底有没有把我当亲人？”

心蓝又扑哧笑了起来：“你在纠结啥呀？那抽屉我随手一关而已，我都忘记里面有什么了。”

“不，你不是随手一关，你是故意的。我知道你的脾气。”我的气息渐渐粗了起来，“你在跟我们较劲。”

心蓝站住了，将手里一把生菜搁进了洗菜池。随后，她转过身，盯着我，说：“你为什么认为我在跟你们较劲？”

“因为我们是你的亲人，你却拒绝我们进入你的内心！”我痛苦地说，“你到底怎样才能不拒绝我们？！”

“我没有拒绝你们！”心蓝皱起眉头，“我只想留一点点空间，一点点！”她抬起手比画了一个一点点的姿势。

“这是什么话！我们谁没有留空间给你？”

“是吗？”心蓝的声调也高起来，“我如今，结婚是你们安排的，工作是你们安排的，生活全是你们安排的，我整个人还剩下什么！我也知道，我写不出我心里想要的东西，我没有那个天赋，我再怎么卖力，只能在三四流的杂志上发表文章，我都不好意思拿给别人看……”她的眼泪流了出来，“但我现在才二十六岁，不是三十六、四十六，而且，就算我到了三十六、四十六，难道我就不能给自己留一点不想让别人知道的东西吗？”

“为什么不能让别人知道？我有说过不让你有自己的空间吗？但为什么要用锁的方式？你知不知道这很伤我的心！”

“你为什么觉得伤你的心？就是因为你打不开吗？你能打开，你就不会伤心吗？你以为，人和人的心，没有锁就可以互相看见吗？”

我呼哧呼哧地喘着气，看着她一阵红一阵白的脸，一句话也答不出来。心蓝说完，深深地喘了几口气，然后声调突然变得平静了：“你怎么跟我谈起心来？我们现在最要紧的是务实，所以你去看电视吧，我要洗菜了。”

心蓝转过身，打开水龙头，清澈的水浇在菜叶上，在池边溅满了小小的水滴。我盯着这水滴，然后盯着她的后背，发了一会儿呆。

我理解她，但我也理解我自己。我们结婚十个月，好像全部的变化只是她的头发长了半拃，又好像我们已经操劳了十年，彼此都疲惫了很多。这是因为生活，还是因为和生活的搏斗？

“钥匙夹在书架上那本卡夫卡的《审判》里。”当我转身欲出去时，心蓝说。

“我不会去开的。”我说。

“不，你去打开看看。那里面有我永远留给我自己的东西。”

7

我按心蓝所说，在书架上找到了《审判》。薄薄的一本小书，灰色封面印着卡夫卡愣怔的眼神。刚抽出来，一枚崭新的银色小钥匙便“叮当”一声掉在了地上。我俯身捡起，走去插进了那抽屉的锁眼，因为极少开关自己家的抽屉，一开始扭错了方向。反复试了两下之后，才“啪嚓”一声，打开了这隐形的锁。

我轻轻抽开一条缝，向内看去。没有看见什么，只有木质的黄色。

我慢慢将抽屉全部抽开，里面依旧什么都没有。我有些意外，把它整个拿出来抖一抖，正面，背面，确实什么都没有。不仅没有日记或手札，连根废钉子也无。

起先，我有些莫名的开心，但当我拎着那结实的木头抽屉站了一会儿后，渐渐感到一切都索然而恐怖。我想，这应该是外面突然扑进一阵冷雨之前的风的缘故。

我将抽屉放在地上，走出这同时交织着文艺和现实的奇怪的房间，走到厨房里去。心蓝还在洗菜，一片一片地剥下生菜叶子，冲一冲，放进手边一个篮子里。篮子里已经摞起了一大叠生菜，浓绿，碧绿，淡绿，没有一个虫眼和一点泥痕。这样纯粹的颜色，只属于没有意识的蔬菜吧。

“那一次，”我倚门而立，想了一会儿，终于想到我要问的问题，“我妈打电话劝你从杭州回来那一次，我其实在旁边。当时，我好像听到你在电话那头哭。你，是真的哭了吗？”

心蓝没有回答。家里只听见流水的哗哗声。

那些浪费的时光和生动的爱

苍狗

被女孩领回家以前，它游刃于人类世界的边缘，身份在家狗与野狗之间，是一只流浪狗。它不知道自己从什么时候开始过着这种生活，仿佛生来就是如此，脊背上的毛发已经污结，一束束分披下来。它更不记得自己何时出现在地面上，每日晨光熹微的时候，身体里便充满和朝日一样橙红色的力量，如同生命在这大地上随意搁置的一个小小的具象的投影。它应当是刚刚成年，身体很健康。除了必要的休憩，很少停步，轻快地小跑起来的时候，从胸到腹，富于张力的骨肉收缩出漂亮的弧度。当它仰起头，眼里的神采会勇敢地迎上光线，凝定许久，对感兴趣的物体不即不离。有时，它轻微转一转视线，好似漫不经心，其实已经找到下一处要奔赴的地方。

当它尾随女孩走上缓缓的土坡，穿过树林中的小径，进入一扇生满铁锈的大门时，它发现这个正在奔赴的地方自己没有来过。它打量着这个安静得几乎称得上避世的院子，茂盛的香樟、芭蕉和杉树快要把两排红砖黑瓦的平房淹没。正是夏天刚刚进入一季与一日的尾声的时候，晚霞红得像一场温柔的灾难。无休无止的虫鸣像空气，可以听而不闻。

女孩丢给它一只骨头，让它衔到一旁去啃，然后唤来自己的妈妈，让她看草丛中那一团沾了许多杂色的白狗。

“好吧！”妈妈想了想，说，“如果它愿意好好看门的话，那还真不错。”

女孩却没有这个想法，那是以后的事情。眼下她喜爱它，只因为它是会叫会跑，会睁着大眼睛四处看的小生命。她用水龙头和肥皂给它洗澡。晚风把毛发吹干以后，它的好样子立刻就出来了，背毛柔顺，四肢匀称结实，随时预备跳起来似的。

借着夕阳的光，女孩用剪刀剪下它肋下打结的毛球，把它额头遮住视线的毛也剪掉。它呆呆地站在女孩脚边，好像诧异她一下子就和它这样熟悉，压根没想过它可能返身咬上一口。她脸上肃静的表情让它渐渐忘掉了过去的日子。

女孩发现它骨碌碌的大眼睛在端详自己，摸了摸它的头。它抬起脑袋嗅这只手，记住那上面的味道。如果它会说话，大概也会说这两个字：好吧。

女孩在市内一所初中上学，有晚自习的一所学校。每天晚上九点，妈妈会骑上自行车，穿过一段黑暗的路，停在半路一处工厂的大门口，在那里接女儿。这小城的郊区，月亮出山好像特别早，但在妈妈那里，日升日落都只是表上的指针，只有当女孩渐渐浮现在稀淡的路灯光里，伴随细细一串车轮的摩擦声，漫天的夜幕才真正落下来。

夜路即使走过一千次依旧是夜路，能有一只狗做伴也好。第一次一起出门，妈妈想把它放在自行车的篮筐里，但是它很不习惯，在行进中跳了下来，胡乱跌到了地上。这时，路旁遥遥观望的几只狗察觉到这只陌生的同类，吠叫着围上来，龇起牙齿，发出敌意的低吼，蹿过来，用尖齿钩起它的毛发。妈妈和它都吃了一惊。它们是劲瘦的短毛土狗，毛色各异，然而眉头两团对称的黑毛标志着它们继承了相同的血缘，连生活方式也是一脉相承：半野半家，靠主人不定时倒出的半碗饭和路边餐维持强壮的身体；冬天有一处垫了旧衣的避风窝，夏天可以长时间卧在屋旁的阴凉地；然而，性情比流浪狗要凶得多。它们不到酷爱杀戮的地步，却喜欢不断树敌，好显露自己的强大。

起先，它不知所措，频频躲闪，偶尔张口还击。它做流浪狗时，从来没有遇到过这样的事情，但是它还有本能在，能够分辨什么是绝境，什么是战场。于是，它渐渐定下心来，亮出有力的前爪和下巴，有几次甚至扳倒了它们当中的某一只。最后，它狠下心一阵冲撞，从狗群中脱身。那些狗一边长长短短地吠叫，一边追赶，在它们领地的边缘突然停步，欲进欲退的样子，像被一片无形的网兜住了脑袋。

它跟在妈妈车轮旁边，跑得飞快，它没有受伤。在食品厂大门前，他们停了下来。它有点累，但是白亮的灯光让它感到归家的快乐。它很想妈妈摸摸它。这个晚上，他们一起赶路，它曾坐在一个奇怪的筐子里，然后跌下来，然后又遭遇一群凶恶的地头狗，但是成功摆脱了它们——这么多新奇的事，它简直热血沸腾，什么都可以不在意了。但是妈妈一动不动，仿佛一点也没注意到它得胜归来的兴奋，只凝望着女儿回家的方向。路的尽头黑下去，像一湖渐渐深远的水。

一只猫窸窸窣窣地倚门走来，看见这只健壮的狗，尾巴颤巍巍地竖起来，迅速隐匿到最近的灌木丛里。它遗下的叫声像一缕冰凉的风，令这郊区的夜显得格外冷湿，像猫的鼻头。妈妈抱着胳膊不说话，她想到自己的丈夫，是他不稳定的工作让她们不能有一个室内的温暖的夜晚，而让初一的女儿独自在这黑暗的路上奔波。但是，她不能责怪他，人与事总有诸多不可解答的烦恼。这只狗一点也不沮丧，它听到猫的叫声，但压根儿没有意识到身后有只猫。它端端正正在路边坐下，等待一件让这个夜晚真正可以结束，让太阳正式在那地平线下安心预备新一轮跃出的事要发生。

女孩的出现让它简直心花怒放，它不晓得别的表达方式，只是不停地绕着女孩转，让年轻的主人都没法抬脚了。妈妈向女儿讲述今天晚上的奇遇，讲述它怎样兴致勃勃地陪她出门，然后又遇到了怎样的麻烦。它知道她们在谈论它，心里很骄傲。

回去的路上，那些狗又蠢蠢欲动。这一场厮打并不比刚才轻松，但是有了两个主人的陪伴，它一点也不害怕，甚至和其中一个体格差不多的咬在了一起。知道她们在等着自己，它一气将那个家伙顶翻，快乐地奔过来。女孩拾起几块石头扔过去，将那群狗暂时镇住，对妈妈说："这不行，它打不过它们的。"

它听不懂，不然一定会抗议的，它觉得这个晚上终于大功告成。回到家，它蹲在门口呼哧呼哧地喘气。女孩在它面前蹲下来，扳起它的前腿，揉揉那敦实的脚爪，对妈妈说："还是把它留在家里吧，不要让它跟着你。”妈妈正在厨房里给女孩下一碗面，借着灯光看见它长舌头伸出来像一块热腾腾的毛巾：“是得留下来，那些狗太凶了，搞得我也害怕。”

但这每晚的例行出行只经历了一次，它便表现出旺盛的兴趣。次日八点一过，它就在屋里不安地游走。直到妈妈关上电视，从杂物间里推出自行车，它立刻凑上去，在轮胎上嗅到了马路和奔跑的气息，终于放心地欢欣起来。它绕着自行车小跑，又绕着妈妈的腿跑，直到妈妈呵斥几声，它才肯低下头，拿出惯常的均匀有力的步伐，一口气奔到院子的大门口。

第三天晚上，妈妈在院子里支好自行车，便用一块蛋糕把它引进杂物间，迅速叩上门。它嗅着门边妈妈的余味，有点纳闷，听到自行车远去便恍然大叫起来，妈妈下了坡还听到它长短不一的呐喊。回来后发现，它已经把门咬掉一大片。它望望突然而至的女孩，呜咽起来，鼻头湿漉漉的，尾巴快要沾着地面。它低下头，又抬起头，它心里没有怨恨，只是感到该做的事情没有做，充满愧疚。它没有打跑那些狗好让女孩和妈妈安全回家，那些狗一定是她们独自应付的。这个晚上没有好好结束，明天的太阳也不能升起来了。

“别哭啊，哪有你这样的啊。”女孩叹口气说。它听懂了，但是不知该如何回答。

它的固执的确很少见，聪明也是少有的。只锁了一次，妈妈就无法故技重施了，它总能在门关上的刹那迅速蹿出去。后来，只要听见自行车的叮咚声响，它便一径冲到院门外，在路边等着。它开始习惯在前面领跑，一溜烟蹿到远远的路灯下，等她们跟上来。她们一靠近，它立刻奔到另一盏路灯下，蹲坐，歪着头。昏黄的光洒在它长长的毛发上，它的色泽便像明信片上的一枚旧日图案。

她们没有办法，只好随它去。它便成了这马路的常客。后来，女孩中午放学，也会发现它在校门口的角落里趴着。她早晨赶路很忙，顾不得回头，不知道它是什么时候循着车辙或是气息跟上来的。它在学校附近的早点摊旁搜寻一些果腹的食物，只要有铃声响起，它立刻赶往门口，来回逡巡。铁门一关就是半天，它知道女孩被留在里面，像它被妈妈留在杂物室一样——像它被留在没有她们的世界一样。直到最后一阵铃声响起，人声渐沸，许多人涌出来，它明白了，寻一个角落低低趴下，将脑袋抵在前爪上，四处张望。过一会儿，女孩推着车子走过来，他们相互辨认。它的眼神像个小弟弟。

“哎哟！”女孩低低叫一声，“你怎么跑到这里来了？我的天，你一个人在门口蹲了多久？”它“咕哝”一声站起来，抖抖毛，低头跟上。女孩的同伴对这只会等人的狗很感兴趣。何况，它还很好看。它的眼睛又大又黑，望向前方的时候，看不到一丝眼白。它的毛发后来洗过好几次，几乎是纯白的，须须分明。它的鼻头竟然是黑色与粉红各一半，是它独特的标记。女孩听着她们的赞美，还是有点尴尬。在路口和同学分手，女孩转过身来，用脚轻轻蹭着它的腰：“你不能这样……唉，这里人太多。被车撞了怎么办？”

它轻轻躲开她的脚，低下头“咕哝”一声，又抬起头看着女孩。也许是流浪太久了，它保持着一种介于自立和懵懂之间的态度，不会撒娇。它去嗅那车轮，抬头望着她，意思是说，我是来接你的，快点回家吧。

它也不会捡棍子，不会作揖。小主人逗它玩，它只会呆呆地看着女孩的手势，迷惑地歪起头。唯有她跑起来时，它像被解开了穴道一般，一跃而上。没有跑步的时候，它往往是很安静的。女孩和妈妈坐在沙发上看电视，它窸窸窣窣地进来，将头搁在女孩或妈妈的膝盖上，不拘谁的手揉一揉它毛发茸茸的圆脑袋，它便满足地就地卧下。有时，妈妈已经睡下了，女孩还独自坐在自己的小屋里写作业。它在寂静的院子里走得有点无聊，便悄无声息地进来，在女孩脚边趴下，渐渐打起瞌睡。女孩不知道，常常不小心将它踩疼。它呻吟一声，赶紧跑出去，稍后又悄悄回来。天渐渐冷了，女孩写字时就把脚塞在它的肚皮下面，温吞的感觉像午后的太阳晒在脚背上。它也不爱上床，院子里有大片浓密的青草，尺余长，向固定的方向卷出波浪，可以随时做称心的小窝。

对这只狗的节制忠厚，妈妈很满意。像绝大多数母亲一样，她爱小狗，但是如果小狗妨害了持家的清洁与秩序，是无法接受的。但是，它也给妈妈增添了不知该不该施与惩罚的苦恼。它不调皮，但待在家里的时间也不多：每天早晨去女孩的学校，中午伴她回来，晚上照常一定要去接小主人。平时，若妈妈有事出门，买菜、拾掇菜园、买点油盐，它也必然要一起去，紧紧跟在妈妈的车边或者脚边，很快这一带的人们都熟悉了这只固执的小狗。

“跑得累不累啊，你？”有时停在半途，见它大口喘气，她们无奈地问。它不作声，也拒绝她们的抚摸，当她们伸过手，它便后退避开，保持一段距离。因为需要时刻观察她们的脸色和这路上无处不在的凶险，赶路的途中，它会不自觉地暂停对亲昵的需要。

它额头的毛发又长起来，像道帘子遮住眼睛，边跑两只大耳朵边上下翻动。看着有点莽撞，却能避开所有会伤害脚爪的小东西。它每天跑许多路，并没有一跛一跛地回来过。那些横里冲出的陌生同类每天都会遇见，但是，它们很容易便捕捉到它身上浓浓的家养气息——来源于它的神情、它目光的方向、它倾听声响的姿态。它们知道这只狗有自己的事要做，它不会在这里停留，于是很少会像当初那群狗那样较真。

妈妈终于决定在它还没有成为宠物之前，送它回原来的生活。女孩也同意，她们相信这更适合它，它会生活得很好，至少不比在家里差。她们都没有明说的，是害怕看见这只小畜生因为自己的缘故，凄惨地在车轮下死去，或者某天遇上一群真正残忍的野狗，被撕咬得遍体鳞伤。她们有点宁可它是只贪吃懒散、不通人性的小狗，看待她们不过是供食的人，她们也可以不过当它是个肉做的玩具。但它在家中像第三个灵魂，有知有识，有思有想，她们有点承担不起它的分量。她们自己的生活已经足够繁重了，妈妈独自操持一个家，女孩要早出晚归应付许多功课。

第二天，妈妈唤它一起去买菜，去了一个没有去过的菜市场。菜市很大，气味对它充满诱惑，它忍不住这里瞧瞧，那里嗅嗅，寻觅一点肉渣。妈妈伺机骑了车便走。

有好一截路都没有见到它在后面。直到一个上坡处，妈妈骑不动了，下来推着车子走。这一缓步，便有一团白影出现在左边。它大概狂奔了一阵，步子没有平时那么均匀了，闷头赶路，没什么精力再抬起头四处张望。回到家，它卧在廊下喘气，半天没有站起来。妈妈看着，心里无可奈何地不忍。

女孩下自习回家，意料今天是没有小狗和妈妈一起了，一路上心里有点失落，也有点轻松，结果依旧看见小狗在路灯下挺起厚实的胸脯迎向自己。

“好吧！”女孩和妈妈都说。好像它提出了一个问题，她们思忖已久，给以最终的回答。

她们不再打算将它送走了，在应付路途方面也许她们还没有它可靠。有人说它是一只纯种的健康的京巴犬，可是它自己没有这样认为，别人便也没有办法把它当京巴看。她们会说：“这是我家的狗。”不会说：“这是我的宠物。”有的宠物生来是要睡觉的，有的生来是为了拍照，却没有宠物生来的姿态是跑。

她们住的大院子昔日热闹，如今清冷，院门对着环城公路，房屋后面是多年没有人烟的树林。这里曾经是一家小单位，居民也多是单位的职工。后来单位迁走，人去院空，天便黑得早一些，冷天来得也早一些。冬天正式到来时，她们预备给它在走廊上搭一个更暖和的窝。妈妈搭好木板，女孩找来一些旧衣服、旧枕巾垫上。它在一旁看着，轻轻摇着尾巴。女孩把它拉进新窝，它转了几个圈，踩一踩，觉得又软和又结实，愉快地卧下了。这时，一个陌生人推开了院子的小铁门，格外大的吱呀吱呀声像一颗沉睡的蛋碎裂开来。它几乎是立刻嗅出他身上远道而来的气息。

爸爸回来了。

这天晚餐，它有一大堆鸡骨头，还有肉汤拌饭。它兴奋地嚼出各种声音，吃得一干二净。晚上没有玩太久，它就走到自己的新窝静静卧下。卧室的灯光透过窗帘照在走廊上，它盯着窗帘缥缈的影子入了迷，在一片柔顺的气氛里快要睡着了。厨房后面那棵杉树的轮廓印在天空上，格外清晰，星子和枝梢一起微微摇动。公路上偶尔有车迫不及待地疾驰而去。这树影深深的院子，院墙斑驳，露出20世纪的碎砖和黄泥，如果不是有人带路，外人是绝不会想到里面还有人住的。

人走进这样的夜晚，容易生起莫名的怅惘，但小狗不会，它不知道妈妈正在卧室里向爸爸低声哭诉：告诉他女儿冷天里披星戴月地上学让她很担忧，只好买一辆旧自行车，慢慢跟到学校再折回来才能安心；告诉他买菜都是一件艰难的事，因为她心脏不好，在人多的地方骑车会很害怕。每次下自习接女儿，她的心里都充满绝望，好像这个晚上她不会再幸运地看见女儿出现在路灯下面了。她早已身心俱疲。

卧室里熟悉的声音缓缓流进它的耳朵。小狗摇着尾巴，初冬的夜风有一两缕袭过来，带起它的毛发。对它来说，这仿佛是个完美的晚上。它不知道妈妈后来还提到了自己：有了这只狗以后，晚上要放心一点。然而，它也带给她新的担忧。它很少吠叫，偶尔叫起来，想到任何可能都会引起妈妈很大的恐惧。

女孩推开门，来到走廊上。它抬起头看着她。“睡着了吗？”她把手伸进它身下，将它两只前爪轻轻拉出来。它站起来，趴在女孩膝头。月光下，它的脸散发着热气，离女孩的面庞好像特别近。女孩看见它很大、很亮的眼睛，在散乱的额发后面专心地瞅着自己，充满湿润的、容纳一切的懵懂。“妈妈哭了。”她说，噘起嘴，揉着它浑圆的脊背，“为什么呢？”

它努力探起脑袋，想舔掉女孩罩在脸上的让它沉重的一层东西。人与事往往充满不可解答的烦恼，谁也不能给小孩子和小狗一个得体的回答。女孩还不能懂得妈妈的失落。即使这个家已经失去可以书写的地址，即使离上学的地方很远，她还是安静地慢慢长大了。她对家的记忆是大而模糊的，和这里的草木、昆虫和小狗一样，她感到自己也是一颗微小的种子，只要能生长就可以了。

现在，这颗种子要换一个地方抽枝长叶了。爸爸此番休假归来，决心要让妻女的生活有一个较好的改观。第二天，他就动身到女孩所在的中学附近寻觅合适的租处。那时还没有兴起在学校旁边大范围陪读的风气，房子很快就找到了，在学校操场旁边，是退休教师不要了的。爸爸找来一辆三轮车，把整理出来的一箱衣服、几篓杂物搁进去。妈妈将它抱了上来，夹在自己臂弯下面。它是第一次坐车，心里慌张，想要撒尿，但又不敢乱动，一急之下撒在了衣箱旁边。它愧疚得想跳出车去，被妈妈紧紧按住了。他们没有责罚它，他们还有很多事情要做。

租的房子很旧，没有天花板，窗棂锈迹斑斑。好在屋子还挺宽敞，在中间拉起一道布帘，里边睡觉，外边的空间还足够放下一些炊具做饭。到了那里，爸爸、妈妈从车上搬下许多盆和桶，通通接了水，泼在地上、墙上刷洗。清洗后的水迹散发出阵阵腥味，它跟着他们在屋子里转，不知该做什么。房门并不是朝南的，而是朝东，出门向右走一小段就是操场。它踏着门外破碎的水泥小径走上这一大片空地。

它是第一次进到女孩的学校里面，学校并不大，它可以望见门口。初冬的阳光到处都很稀薄，它不知该往哪里走。校门口的世界它其实很熟悉，它几乎每天都在那里接小主人。但是颤巍巍地坐在车上进门时，它没有想起来，眼下在操场上望去，也没有想起那里对它是有着特别的意义的。自从在车上尿尿后，它一直不是很开心。它想回到大院里去，回到自己平常卧着的台阶上。它有个大门要看守，而且妈妈去买盐、去菜园都会唤上它，它是随时预备工作起来的。还有它的新窝。虽然并不贪睡，但是那是属于它的，和那儿的许多东西，那里的妈妈、女孩，都没有带来，都不在这里。

将这边的生活用具料理清楚，爸爸便回去工作了，女孩和妈妈开始日日在这里吃住。妈妈每天还要回郊区上班，好在工作比较清闲，可以将女孩的早餐安顿好，又将中午的菜做出来，然后再出门。女孩中午放学，将菜热一热就可以吃，便有了一个充足的午觉。

傍晚，妈妈回来，再给两人做晚饭。虽然妈妈每天要多走几趟，但是买菜方便了许多。女儿也多出许多休息时间，往返十分安全，总好过日日操心，因此妈妈对眼下的状况很满意。小屋有间几平方米的小门厅，还留着一个残旧的大灶台，堆满了几代住过的人的旧东西。它就在这灶边倚墙的地方有了自己的新窝，做了只纯粹的看门狗。那门有两扇，外面的铁门还可使用，木门的锁已经没有了，余下一个拳头大的洞。在屋里可以插插销，出门之后木门只能掩上。屋里没有什么值钱的东西，铁门也还结实，爸爸、妈妈便没有重新安锁。何况，为了让它能自由进出，木门也很少掩上，铁门栏杆的宽度恰好够它歪起脑袋挤出去。

但是，它很少出去，最多只在门口的草丛里嗅嗅。它有点害怕住在学校里的人。偶尔在操场边散步，会遇到零零落落的逗引声。住在大院子的时候，树不作声，虫不作声，在那样一种纯净与安静的氛围里，妈妈和女孩不需要开口，它便能感应到她们的呼唤。她们和它是有关的，他们与它有关吗？它犹豫不定，只是抬头看看他们，仔细地定神看着，却不上前。

在他们的眼里，它不热情，也不够憨，便不是一只有趣的小狗。对于他们，由于生活的冗杂拖沓，喜欢与不喜欢都是懒懒散散，不需要理由的。但是它不懂，它感觉出来他们的不喜欢，便怏怏不乐。他们的气息弥漫在学校里，成为一堵无形的墙，阻碍它走上常常宽阔无人的操场戏耍。而那种气息，几乎快要延入小径，延入它看守的门厅里来。

每每它朝来的人叫，都会受到妈妈的呵斥。来的人多是学校的老师，或者老师的家属。妈妈倚在门边微笑着，让他们进去，他们客气地拒绝了。他们夸赞女孩的成绩好，说妈妈这样为小孩着想是很值得的。它围着他们，仔细地嗅着，妈妈把它轻轻踢开，叫它回房间里去。女孩快期末考试了，功课越来越忙，妈妈要上班，又要料理两人的生活，加上天冷，一直没有给它洗澡，它厚密的毛发里隐着一层细灰，看上去成了只淡灰的狗了。

它渐渐习惯了没有妈妈和女孩在身边，每天卧在灶旁，黑亮亮的眼神依旧，却有了一点木木的神气。直到有一天，朔风将木门推开又掩上，最后猛力一推，木门打在墙上，很大的响声将它从睡梦中拉起来。它拉出铁门，小跑到操场上。

这时没有学生，也没有老师，天气阴冷，阻挡了人们出行的脚步。天空的云彩好像承不住浓重的水汽，光线落在地上时有种奇妙的上下浮动的感觉。它独自立在灰蒙蒙、空荡荡的操场上，毛发被揉起又落下。它嗅着细沙石和朔风的气息，努力地摸索脑海中的一团热望，和这气息相符的、像两面镜子永远相互映照下去的热望。这和平时学校的气味全然不同，是从很远很远处来的，里面有树林、湖泊、野草地和各式各样的心愿。

如果正在上课的女孩这时从六楼教室的窗口望去，会发现这只小狗正对着半空呜呜地咆哮，变换出各种声线，像是努力与一种半敌半友的生物争论什么。天地茫茫，然而在旁观者眼中，那些于它很重要的东西在半空中毋庸置疑地存在着。然后，它跑起来，沿着操场的边缘，动用全身的关节，久贮的力量从各个关节溢出来。它看见校门，终于想起那里发生过的事情，想起它曾经是怎样日日循着女孩的气息来学校，等待一个从来不会落空的希望被实现。它还想起那些辛苦的路程——它总感到必须如此，不应当停下，否则就会像这些日子那样渐渐溃散了，溃散得它常常糊里糊涂。

现在，它的感官和身躯都如约回来了。它奔出大门，觉得自己分明认得这路。它熟稔地转弯，穿过挤满了小商铺的街道，在十字街口向右转进入郊区。窄窄的柏油马路年久失修，布满碎石土砾，然而，它觉得眼前的景象几乎美不胜收。最后，它奔上稀少有车经过的环城路——依然是那些狺狺的狗，它掠过它们的视线，像一只柔韧的箭。

回到家，它立刻觉得家里有点不一样，因为搬走了不少东西，但是它的新窝还在，还有妈妈也在，这就够了呢。妈妈在门口刷着一只杯子，它跑到她面前来，睁大了眼睛望着妈妈。妈妈有点惊讶，她以为它是饿了，找来一些食物给她吃。它吃不下，感到五脏都满满当当。它很激动，却表达不出自己到底在期望什么。

已经到了该回小屋给女孩做晚饭的时间，妈妈没有过多心思理它。看见妈妈推出自行车要出门去，它有点迷惑，不知道该不该跟上。妈妈做手势让它留在家里，它放心了，心想，自己已经很久没有回家了，现今回来，不是应当留在这里吗？

它吃完了妈妈留给它的食物，在院子里到处散散步，天就黑下来了。它踏进久违的新窝，妈妈和女孩给它做这个卧处的样子，它还记得。它爱她们，喜欢给她们做事，也喜欢看到她们给自己做一些事情。这就够了，对不对？它没有睡，它等着一件重要的事发生——两个重要的人回来，将厨房和卧室的灯拉开，让它的眼前骤然明亮，窗帘的影子投在它的窝边。

院子里的夜晚真是万籁俱寂，它不知不觉睡着了，梦里，它看见妈妈骑着三轮车，载着女孩回来了。她们穿着金色的衣服，发出金色的光和笑容。如果不是一片落叶突然扑在脸上，它也许会把那个香甜的梦做到天亮。错过了她们回家的时刻吗？它激动地跳出窝，仔细嗅取空中的气息，嗅厨房和卧室的门，寻找当日妈妈和女孩的气息。但是没有。那房子成了一大块严封的溢着寒气的东西，它感到鼻头仿佛被一只带着恶意的手戳了一下。它后退几步，抬头看那黑漆漆的窗户，呜呜咽咽地哭起来。它跑出门，熟练地翻过坍了一半的那截院墙，往来路跑——它心里只觉得有着一个可能，如果这份希望依然落空的话，这个夜晚就结束不了。

回到小屋前，它钻过铁门，但是木门被插销扣上了。它抓着门脚，呼唤她们。女孩披衣起床，将它和最初的风雪一起放进门来。女孩眯起眼睛，看见它嘴巴热气蒸腾，火热的脚在地上顿着，她对妈妈说，天呀。她们大声感叹，那言语里有埋怨它不听话打搅人的意思，也有无奈和心疼。

它回到灶边的小窝里去，收紧四肢睡下。女孩匆匆回到被窝里。灯关了，被窝的气息却还没有散去，这气息带着催眠的力量，让它很快就忘了前半夜，原谅了整个世界。第二天，不是太阳，而是雪光唤醒了这间小屋。

这雪从下起来开始，便没有化尽过。贪玩的孩子，在散学的路上用红肿肿的手指掘开一处雪堆，便会发现那最下面的雪层早已成冰——混浊的、半透明的冰。冬天没有开始多久，小城的人们却觉得世界从来都是在清晨结冰、在中午化成一摊摊泥水、在傍晚早早地告别了太阳。大大小小的雪是一场接着一场，小孩子们在放学路上一边期待一边惋惜，因为最美丽时刻的雪在城市里往往是保存不了太久的，而他们还没有放寒假。

小狗有足够的时间领略雪霁初晴的美满景色，但是它也不甚快乐。它有许多时间耗在操场边的草堆里，在稀薄的阳光下面搔痒。

太阳落山，女孩回屋吃晚饭，它拖着脚步回来，在窝里懒懒地躺下。女孩感到了它的沮丧，心中有点抱歉。她带它出去玩，在操场上逗它跑步，带它跳绳。它一一配合，只是依然心不在焉的样子。

寒假的时候，她们要回老家过年。她们买了一点食品送给住在大院旁边的一户老人，托他们照顾它。她们离开了一个礼拜，回来发现它不在。

“跑了啊，你们走的第二天就找不见了。”老人向她们道歉。

女孩知道它可能去了哪里，她马上推出自行车赶往学校。水泥浇筑的环城路差不多化净了雪，但是大片大片人迹罕至的郊区还是被积雪统率着。她只戴了一双手套，没有围围巾，一两束寒风从毛衣领口钻进去。她心里微微惊讶着，为这只固执的小狗，也为自己正为着一只小狗匆匆赶路。

她盯着路边的积雪看，想象这雪上杂乱的印痕当中，有哪些是她家的小狗留下的。她几乎能设想事情的来龙去脉——它是怎样焦急于失去了主人，在两处零落的家之间往复寻找，每一处都像个归处，然而都不是。它是怎样往返了数次寻找她们，最后被风紧紧吸起的木门困在学校的租处。

她猜想的是对的，然而还有许多她猜不到。比如，它是如何在屋里长长短短地吠叫，因为着急，因为分不出白天和黑夜。风把它的呼喊四散到学校各处，却没有一个人来看看它是怎么了。它是如何忍耐日甚一日的饥渴，直到胃肠的饥渴终于将心胸中积存了许久的虚无感引发。它久久卧在冰凉的小窝里，紧紧缩成一团思索着，脑海里半是梦境半是回忆。

这些日子，它的确恢复了自己的工作，像上瘾一样奔走。它鼓起一次又一次尝试的勇气，沿着旧路和新路辗转。有时从学校跑到院子里，发现那里静悄悄的，回到学校，小屋依旧没有人。这还不是最哀伤的时刻。当它看到她们归来，这一刻的重逢总是让它不可遏制地想起自己漫长的碌碌无为。它不能安慰和原谅自己，这才最让它不能忍受。如果它能够提问，或许会询问为什么生活全部改变了？为什么大家不回到美丽安静的大院子里，却要留在这嘈杂肮脏的市区里？为什么她们不再需要它的陪伴？为什么它发现她们不再将付之重任的目光给它？也有可能它什么也问不出，因为这一切都是那么理所应当，找不出反驳的理由。

后来，它不叫了，也不再试图掰开那扇恐怖无常的木门。问题就不在于怎样出去，而在于出去以后又能怎样呢。最危险的也不是这种生活，而是它自己——仿佛是在一秒钟内改变了的自己。它几乎要陷入无知无觉的状态了。它想搞明白一些事情，但是搞不明白。每一处都像个归处，然而每一处都不是。而它曾经是可以把任一处都当作归处的，每天晚上月亮出山的方向都不一样，每天早上，太阳升起的方向也不一样。最后，它终于想起了那些流浪的日子。

女孩赶到学校匆匆开门。她真怕看见一具冻僵的小尸体，不过一眼便看到它抬起灰蒙蒙的脑袋。它看上去竟是没有太疲乏或者凄伤，走出来，站在雪地上抖了抖身体，用眼角看着女孩，似乎还有询问女孩为何如此惊慌的意思。

女孩在校门口买了几个面包，掰碎了丢在门口松软的雪地上，这里几乎一年四季都是背阴的。它狼吞虎咽的时候，她想摸摸它，不知为何伸不出手去。在门口磨蹭了一会儿，女孩叹了口气，推起自行车："走吧，寒假我们回院子里住。"

但是这一次它没有跟上来。女孩慢慢把车推到操场边，它依然站在门口，跟身边灰败的墙壁几乎是一个颜色。女孩走回来，用脚背推着它，它让开了。"听话——"她想正式地、严肃地唤它，这才发觉她们一直没有给它起过名字。

"好吧，那你就留在这边。"女孩把剩余的面包堆在它的小窝边，又拾了几块碎砖头把木门固定住。她做这些的时候，一颗心有点微微下沉，有隐隐的一种感觉告诉她，这些都不必了的。但是，她还是把该准备的都准备了，然后拿些要带回院子的东西，捆好，放进篮筐里。最后，她在它面前蹲下来，它的黑眼睛专心地瞅着她。

它额前的毛发几乎把眼睛全遮住了，女孩想，这会不会把它刺得眼睛流泪呢？该给它剪一剪，但是没有时间了，现在、以后都会越来越忙，找不到时间了。她想起当初与它偶遇的傍晚，才知道那是人生许多场没有预告的奢侈之一。

它没有等雪化完就走了，又成了一只纯粹的流浪狗。它比小城里的人更清楚地知道这里的早晨和中午如何不同，中午和晚上如何不同。它在每一条可能的路上奔跑，脊背上的毛发结成一束束分披下来，鼻头还清清晰晰的是一半黑一半粉红，看上去依然健康，还有几分天真。它喜欢定定地与人对视，但是不会接受任何人的呼唤。这让人觉得它好像已经彻底忘记了之前的生活，又好像曾经沧海。

冬天过去，积雪的融水将上一年的痕迹带进泥土，盛大的春天逐渐将人们熏得混混沌沌。再次清醒起来的时候，人们忘记了许多事情，仿佛这草地始终是绿油油的，仿佛夜晚从来是在人们意料之后降临，树影一直在门口热热闹闹地跳动，小城于是对过去做了一次永久的告别。

她们没有去找它。后来，她们又搬了许多次家，为了女孩求学，为了父母的工作，尽管不情愿。到女孩真正长大的时候，她们的生活已经全然与旧日的轨迹无涉了。但是，女孩每年都会在这小城里住几天。

小城很小，如果再次遇见它，她可能会问它还记不记得自己和妈妈。它或许记得，或许不记得了，不过它应当什么也不会说。

杀鸡

天色微明，贺兰被公鸡的叫声惊醒。她躺在床上，睡意如山中的雾，一点点散去。窗外飘着朦胧的清光，鸟声渐起，虫声渐息。公鸡的叫声在几米外的院角，“咯咯咯，咯咯咯……”像从嗓子里喷出一串异物。是少年鸡的啼声，不清亮，也不熟练。

“今天一定要杀了它。”贺兰想，在床上翻了个身，“明天必须要走了。”

十天前，贺兰回来，在院门外一群散步的鸡中一眼就看见了它。才五个月大的小公鸡，已长得脚大腿高，丰胸长尾，羽毛浓密又新鲜，目光镇定又凶狠。见贺兰风尘仆仆地站在门口，它立刻乜斜着眼，趋到她身边，做出要啄她的样子。见贺兰坦然自若地走进院内，并没有畏畏缩缩，它才振一振翅，领着一群鸡走开。

母亲捧着一杯茶，站在门口等她。现在是七月初，但已是贺兰今年第四次回娘家了。她把所有调休假都用在山里，以便再次和母亲相见，两人唯一的客气，是偷偷在对方脸上寻找自己做不出来的客气感。贺兰走上台阶，把行李放在墙角，直起身问：“妈，上次你在电话里讲牙疼，这几天还疼不疼？”

“疼过一次。前天早上三点钟，给牙疼疼醒了，我就想着起来算了，但是月亮还没下来，我就坐在门口，捧着脸，看着月亮。坐到四点，牙不很疼了，又打起瞌睡来了。回去躺在床上眯了一会儿，到五点，公鸡叫了，天也亮了，又起来了。”母亲倚门而立，边想边说，说到最后，呵呵地笑出了声。她是个很矮小的老太太，头发纯白，在后脑勺扎一个小髻。贺兰比母亲高一些，然而身形相似。她的头发也白得早，但她剪短并经常染发，不太能看得出来。

重逢后，最初的聊天总是从身边的事物中寻找话题，这次就聚焦在那只公鸡身上。此刻，它就在院内，敛紧翅膀，高高立在墙角一块方石上。一轮顶冠鲜红，两片垂冠更为丰满，贴着下颌有近两寸长，是稍暗的红色。雄性的特征，贺兰想。随即，她心中冒出一小股烦恼，并一疼。

“这个公鸡个子不小，我看还没有长到最大。”她说。

“是的，你看它腿多长。”母亲说。

“它会不会啄别的鸡？”

“会，而且它叫声大，要是早上吵了你，我们就把它杀掉吃了，我也没有别的好东西给你吃。”

“行。”贺兰说。

“我会杀。”过了几秒，她又说。

贺兰在母亲这里住了十天，一直没有杀它。其实，她每天都会考虑一下要不要杀鸡，到后来，越来越频繁地想着这件事。但为一种更频繁的犹豫延宕着，她让它多活了一天又一天。

清晨四点五十到五点钟之间，公鸡会在院角的鸡笼里鸣叫。只一声，她便醒了。第一声并不是鸡啼，听上去那只公鸡像是被什么噎住了喉咙，勾着头啯啯地咳嗽，咳了许久，越咳声音越高，终于咳出正式的一声，然后才不断啼下去。啼声虽然粗噶，终因年轻而有力，像一根粗糙的木棍，不断入侵耳膜，直捣心脏，令人不适。

然后，她会听见母亲打开堂屋门的声音，听见她一脚一脚走下台阶，走到鸡笼前，抽开笼门，嘴里发出古老的唤鸡声，把它们引出鸡笼，赶到院外。公鸡便和其他鸡一起，一面小跑，一面喷着咯咯声远去。

贺兰一动不动地躺在床上，朦胧地辨认着那只公鸡的脚步。她有一种感觉，公鸡每叫一声，天就亮一点。待这啼声完全听不见时，天就完全亮了，她也再不能睡着了。但她不急于起来，五点到六点这一个钟头，她总是躺在床上，沉思默想。

默想的结果总是一样的。她在天色朦胧时下定了决心，但当日光正式翻过山头时，她发现生活一如既往地千头万绪、不可解释、滴水不漏。

自从山上山下的亲戚或者死去、或者搬到县城，山中的白天便比夜晚安静。晚上，虫声如雷，一座座相连的小山像一只只小鼓，似乎有许多野人在穿山越岭地狂奔。白天，则只有她和母亲简单交谈的声音。从晨至昏，贺兰不停地侍弄菜园、整理房间、洗衣服、晒衣服、打扫院落、拣松毛枝。她希望能为年过八十的老母亲多做一点事，不过母亲的生活中事并不多。贺兰的父亲很早就去世了，母亲不愿意跟着儿子去县城，一个人住已经数年。

每天的早饭是母亲做，贺兰帮忙做午饭与晚饭。这十天里，两人做了许多旧年爱吃的面食。如黄瓜汤泡薄饼、葫芦丝煎饺，还有锅贴馒头、红糖枸杞馒头、咸菜肉丝馒头。她们没有吃什么肉，偶尔去山下小镇买一斤肉回来小炒，就觉得足够了。两人都没有再提杀鸡的事。

每次揉好面饼，准备下锅前，母亲会去院里摘一张芭蕉叶。这是她多年的习惯，用芭蕉叶垫在笼屉上代替蒸布，能令馒头有更新鲜的香味。芭蕉是贺兰父亲在世时种的，种在厨房与院墙相连的角落，如今长得非常高，宽绰的树叶掩去半边墙壁。满头白发的母亲在芭蕉树下踮起脚，费力地选着芭蕉叶。这个情景总会让贺兰觉得心里发酸。

好在，母亲真的是不高，她慢慢摘下叶子再走回屋里的这段时间，已经足够贺兰恢复平静了。

母亲没有表示过对贺兰频繁回来的任何意见。她年纪很大了，虽然还能独立生活，衰老终究表现得很明显，例如，老人特有的规律性：她永远在烧饭时提到大儿子，因为当年是大儿子砌的新灶台；在打开衣橱时总会提到贺兰的父亲，因为这是他们结婚时唯一的新家具；每日午前，她去小解的次数会增加；如果有两天不吃清热片，就会牙疼。生活中的新事物对她来说就像一阵风拂过门口那块老磨盘，磨盘上的小草会随风摇动，但磨盘本身的印痕不会有任何改变。

贺兰觉得母亲是一个幸运的老人，通过混沌保持着内心的清明。例如，父亲去世后，母亲非常思念他，经常哭泣，哪怕到第十个年头，去山上给他烧纸的时候，她还会一边哼着，一边掉眼泪。

“妈，你不要老想着爸爸的好，你就多想想他的不好，就没那么想他了。想想他以前还打你呢！”贺兰和其他兄弟姊妹不止一次这样对她说。

“他打我是因为我确实做错了事情啊！”

母亲说的“做错了事”指的是她的智商跟不上父亲的时刻：打碎了一样可以不打碎的东西；在屋里抖筛子，把灰尘扬在了家具上；父亲做事非常利落，母亲要温吞许多；父亲在山里属于读书人，母亲一个字也不认识。无论从哪个方面说，他们两人都是不匹配的。贺兰在这种时刻总会感到格外难过。

贺兰的父亲死于急性脑出血，在他六十岁那年的春末夏初。按当地的规矩，刚去世的老人，棺材不会立即下葬，家人要盖一间小小的青瓦白墙小屋，将棺材放在里面供奉，若干年后再正式安葬。这间小屋离家很近，就在半山的菜地旁边。五年后，棺木被移出，送去真正的坟地，在后山的深处。下葬那天，来的亲友很多，贺兰和大家一起围着深深的墓坑哭泣。落葬前，棺盖最后一次被打开，让亲友看他如今的面目。贺兰转过身去，不愿意看。然后，有人喊：“盖上吧。”她慌了，难以自禁地转动了一下目光，重重人影下，她恍惚看到了父亲的头发。那头发之灰白，像一束躺在地上燃尽了的麦草，只余一束曲曲折折的白灰，风一吹，就要碎了。

因为这个惊心的细节，贺兰更愿意回想父亲在小屋里的时候。那时，父亲静静地躺在家人的蔬菜旁边，就像和他们还生活在一起。她也正专心地接受着父亲去世的事实，没有想别的，痛苦是完整的，也没有感到孤独。

贺兰是六个兄弟姐妹中的老三，她和父亲真正细腻的交流其实不多。她对他印象最深的一件事，是他要求她杀鸡。那发生在父亲五十八岁的时候，她二十二岁，刚参加工作，和秦伟开始恋爱半年。腊月二十八，她回到山里，和家人一起准备过年的饭食。那只鸡，父亲可以杀、哥哥可以杀、弟弟也可以杀，但是父亲点名要她来杀。

“都是已经工作的大人了，连个鸡也不敢杀，难道以后结了婚、养了小孩，还要次次找别人杀鸡吗？”

贺兰从小就尊重父亲，但这种传统的尊重有时就是畏惧。她没有抗议，模仿别人杀鸡的样子，捋掉一片鸡脖子上的毛，拿起菜刀就一顿一挫地割起来。父亲在旁边喊：“捏它的喉管！不要用蛮力！把气管和血管捋出来，轻轻一划就行了……”她好像完全没有听见。她那不干脆的刀法让鸡遭受了很大的痛苦，她能感到这个生命在把全部力量集中在刀锋处，和她的力量抗衡。她全身的肌肉和鸡一样绷得紧紧的，她差一点就要扔掉刀子，跑到一边——即使被父亲骂也没有关系！但是紧接着，她感到这只鸡妥协了，一切都结束了。

那种电光火石的“差一点”，她后来又体验过两次，一大一小。小的那次是初夜，她在紧张和锐痛中，两条腿都抽起了筋，但是秦伟不肯放弃，就在她快要流出眼泪时，秦伟完成了。大的是生小洁，小洁的颅骨硬，好久也生不出来，她认定自己要死了，但最终还是扛到了那一瞬间，让小洁号哭着离开了她的身体。

父亲去世后的二十年里，老房子断断续续翻修过几遍，样貌比当年有了大改动，菜地的位置倒始终没变，依旧在屋旁的半山腰。小屋在父亲正式下葬之后就废弃了，但也没有人提出把它拆掉，任由它慢慢淹没在草木中。每天早晨，贺兰去摘菜，都能看到它。简单的墓碑还在，周围覆满了尘土和枯叶。屋顶塌了一半，露出长方形的水泥洞，洞里长起草来，伸出细长的叶子。有时侍弄菜地弄到一半，她会拂开碑前的灰，坐在那里歇一会儿。这一片没有大树遮挡，能看见对面山上的公路。那是班车驶抵山下小镇前的最后一段路，看上去像一条细细的灰线，从山那边绕过来，缠过山腰，顺着下山的方向消失于竹林中。大约每隔一两分钟，会有一辆车驶过，传来一阵微弱的马达声。

贺兰觉得，每次回山的过程，仿佛就是回溯自己这半生。从省城到小城，到县城，到山区，再到真正的深山之内，沿途的风景由繁杂变为简单，直至幽静闭塞，她感到自己正渐渐恢复成当年那个年轻的自己。但是，她不可能变成她，只会短暂地成为她的影子。而在回忆中，过去的她又是现在的她的影子。因这种种的错综，中年的她在娘家，比做姑娘时还要沉默。

现在，她知道了，生活比父亲要严厉得多。生活如今催促她和秦伟分手，父亲并没有这样做过，尽管他一直不同意她和秦伟的婚事。在摆结婚酒席的那一天，她很怕父亲会说出什么来，然而他只是喝得大醉，被人抬到了床上。

贺兰出嫁是在二十三岁那年冬天。翌年五月，父亲在外地做生意时去世。他的后事匆促、拥挤、嘈杂，她虽然哭了许多次，却始终没有找到像样的机会表达哀思。两个月后，在和眼下差不多的一个夏日里，她才第一次好好面对死后的父亲。

那天，秦伟跟她一起回娘家，帮她整理了祭拜物品，帮她拎到菜地边上。她将一碗碗饭食摆在墓碑前，在湿漉漉的草叶上点起了黄纸，悄悄地哭泣着。秦伟跪在旁边，一直不作声，最后，就着地上的余火点起一根烟，仔细地放在墓碑前。

“老丈人一直不让我敬烟，今天好歹敬到了。”他说。

随后，他给自己也点起一根，深深地吸了一口，把烟吐了出来。

“老丈人脾气太急躁，是急躁害了他啊。做人最要紧的是不能急，老年人更是，血压禁不起。”他说道。

她非常伤心，但她觉得丈夫说的是对的。丈夫——这是一个意味着多少新事物的词啊！至少，当她身边有了这个词以后，父亲多年来给她的那种压抑感终于消失了。她不拒绝承认，她和秦伟结婚，一个不能忽略的原因就是想逃离这种压抑感。她设想过很多方式，但没有哪一种比建立一个自己的家庭更彻底、更直接，因为她是一个女人。

起初，两人琴瑟和谐。可没过两年，秦伟就调到了另一个城市工作。20世纪80年代末的人事机制比如今刻板许多，贺兰独自连滚带爬地熬过怀孕、分娩、哺乳，直到小洁快要念学前班，才终于能和秦伟在一个城市工作。结束了聚少离多的日子，贺兰方逐渐了解自己的丈夫。他相貌堂堂，又擅长待人接物，应是一个比较理想的丈夫，但他越来越给贺兰一种不舒服的感觉。她形容不出这种不舒服是怎么回事，倒是小洁长大后一语道破她的父亲：

“爸爸在做一切言行举止的时候，都仿佛有一个分身，站在离他一米的地方，欣赏着自己的一言一行。”

贺兰与父亲性格并不相似，秦伟当然更不同，两人生出的小洁性格却很像她未曾谋面的外公。这说不好是因为她与父亲抵触，所以渐渐养成了与外公相似的性格，还是她生就了她外公的脾气，故而反感自己的父亲。无论如何，贺兰都不希望这样，但是她觉得自己改变不了女儿。

有时，贺兰会想，如果父亲还在世，应当会很喜欢这个外孙女，应当会在小洁说出种种天真又倔强的话语时，发出他那独有的、响亮的笑声：“哈哈哈哈哈！”这些只能是想象了，而在现实里，秦伟的事业始终囿在他人格的上限，这使他进入自己并不承认的恶性循环中。为这恶性循环埋单的，只有他的家人。

更惊心的现实是，她已经四十多岁了。并且，这当中，漫长的婚姻生活似乎没有给她增加任何经验。她还是那个二十二岁的姑娘，怯懦犹豫，不知所措。看看时间快到了，她不得已攥起了油腻腻的菜刀。

下定决心以后，贺兰隔墙听见母亲走进堂屋的声音。她迅速从床上坐起来，打开门，踏进蒙蒙亮的院子。灰扑扑的鸡笼里，鸡群正扑扑簌簌地发出声响，公鸡的鸣叫此时如直喷的岩浆。贺兰在鸡笼前蹲下，抽掉木板，向里面张看。

“妈，你去忙别的事，今天我来把鸡放出来。早上，我要把公鸡杀掉。”她对半个身子探出门，正在固定门板的母亲说。

母亲含含糊糊地答应了一声，大约没有听清她的话。

鸡都醒了，半蹲在悬空的竹竿上咕哝。公鸡蹲在正中央，高高的脖子都快要触到鸡笼的顶。看到贺兰，它暂停了啼鸣，轻轻颤着硕大的鸡头，与她对视着。哪怕是一只鸡，雄性的眼睛也和雌性不一样，永远颜色更深、更坚硬、更锐利。贺兰感到心里有一点害怕的萌芽，她鼓了鼓勇气，把它按了下去。

放出了咯咯嗒嗒叫的鸡群，贺兰没有回到屋里，而跟着它们走出院子，站在山坡边出神。初夏清晨的空气清晰、轻盈，西面山坳处还阴影沉沉，东边山顶已经有点儿发红。在正中间的山谷，有一片纱帐一般的白汽，隐约挂在两处浓绿的山壁间，帐脚轻轻踮在谷底的树梢。她聚起所有目力凝视这片白汽，幻想自己如何慢慢飞了过去，悬停在白汽中央。

回到屋中，母亲已经坐在厨房的灶台后煮早饭了。贺兰洗漱完毕，对母亲说："待会儿，我来把那只公鸡杀了。"

"要得，是该杀了。"母亲说。

"我来帮你，它的劲儿大。"母亲又说。

贺兰掀开沉重的锅盖。今天的早饭是汤饭，噗噜噜地冒出菜叶被熬煮的气息，扑在贺兰的脸上。她仔细嗅了几下，用汤勺慢慢搅动米粒，然后对母亲说："我打算跟秦伟离婚。"

母亲没有听见，因为灶内突然发出一阵噼啪声。母亲俯下肩膀，盯着灶内的火，右手秉着火钳，夹一束细松枝送进去，持钳的手明显地颤抖着，像是故意扭动手腕一样。那是母亲生了最小的儿子后落下的毛病。

贺兰把话重复了一遍，又加上一句："小洁已经上大学了，我现在没有什么要操心的了。"

“妈妈，跟爸爸离婚！”贺兰耳边突然响起小洁的声音。同样一句话，从八九岁时稚嫩的愤恨，到十八九岁偎在床头耐心的分析，小洁的世界终于超过了妈妈。贺兰感到一阵又湿又紧的气息从胸口直逼到眼眶。

这次，母亲听见了，她说：“小洁是四月间生日，有十九岁了吧。”

贺兰感到一阵内疚，低下了头。她不是对自己，也不是对母亲或小洁，更不是对秦伟感到内疚，但她确确实实对什么东西产生了内疚感。

不过，两个女人都没有惊讶。

汤饭煮好，两人一起坐在门口吃的时候，母亲说：“等下我来找两根结实的绳子，把它的腿绑着，它劲儿大。”

“好。”

“菜地里有小土豆，你回头去挖一点来烧鸡。”

“好。”

“今年的土豆瘦得很，还没有去年一半大。”

“哦。”

“我再来烧壶开水。”

“嗯。”

在正式告诉母亲自己有离婚的念头之后，贺兰感到一点羞怯，仿佛当年承认和秦伟恋爱后的羞怯一般，让她不愿多说话。她迅速把汤饭吃完，放下碗筷，拿起菜篮与小铲就上菜地里去。土豆个个只有半个拇指大，她熟练地将这些小果实剜出来，在地上摔打掉根须上的泥土。然后，又摘了一些豇豆、几根黄瓜和几个番茄。

“我真的能杀鸡吗？”下山前，她看了一眼空空的小屋，想。

顺着山中小路走下来，她在屋旁一眼小井边洗刚采撷的菜。水是从岩缝渗出的，非常凉，洗久了，手指骨节都有点酸疼。洗毕，她挎着湿漉漉滴着水的篮子回屋，拿出磨刀石坐在门口磨刀。磨完刀，又准备绳子和盆，烧上了一壶开水。这些叮叮当当的声音引了几只鸡到院子里来，其中就有那只公鸡。它胸脯昂得高高的，远远地用绿琥珀般的眼睛瞄着她。它和其他鸡一样，不时俯身啄取小草，但它啄食的姿态，依旧带着一股狠意。

它完全不知道自己马上就要死了，她想。所以，是她而不是它感到心跳得快了起来。

一切准备好以后，母亲捧出一把稻子，撒在门前。几只鸡立刻奔过来啄食。贺兰站在一旁，手持一柄旧捞网，看准了，突然扣在公鸡身上。

其他的鸡有点莫名其妙，犹犹豫豫地往院外跑去。公鸡则立刻扑动着巨大的翅膀，剧烈地挣扎起来，但它很快就被死死按住了。母亲逮住它的两条腿，贺兰捉住它的翅膀，两人各腾出一只手，合力用绳子把它的翅膀与腿捆住，扔在院当中的地上。然后，母亲回身拿出一只粗瓷大碗，放在公鸡旁边。贺兰回身拿起菜刀，走下台阶，按住了鸡的身体。

这是多么残忍的事啊！贺兰看着勾着头、徒劳地乱啄、丧失了大半威严的公鸡，心里陡然觉得不可思议。同时，她的耳边响起那句熟悉的、响亮的话语：

“都是已经工作的大人了，连个鸡也不敢杀，难道以后结了婚、养了小孩，还要次次找别人杀鸡吗？”

但她感到此刻内心是平静的。这些年来，她没有再杀过一次鸡，但她切过无数的鸡肉，她还用刀背敲死过鱼，拧断虾子的身体，蒸熟一只又一只螃蟹，用滚油煎炒还在蠕动的花蛤。这些都是她为人妻母之后做过许多次的事情，它们——和眼下的事也没有什么不同吧！她半跪下去，用膝盖压住鸡的身体，把刀放在一边，先攥住鸡脖子，一撮一撮地拔颈部的羽毛。这一切和以前也没有不同，所有的鸡脖子都是一样的，温暖，柔软，同时强烈地绷着劲儿，这反而有助于杀它的人捋出它的气管与动脉，掐在皮肤底下。

轻轻一划……她想。

这个过程比贺兰设想的要容易一些。脖子被攥住后，这只肌肉发达的动物竟没有再挣扎。它昂着头，像等待一个小手术似的，配合地让她剥出一小块裸露的皮肉。她把锋利的刀刃按在胀鼓鼓的鸡皮上，两下一动，刀刃就消失了一小片。刀刃再次出现的时候，鸡脖子上就出现一个豁口，里头吐出滚热的血液，浸着她的指尖流了下来。她赶紧把鸡头拉到瓷碗上方。

接下来是等待的时刻。贺兰稍稍偏头，躲开上升的血气。公鸡的血很多很多，成股地注入瓷碗内，从这血的浓稠颜色来看，也能看出它的生命力多么顽强。它依旧昂着头，脖子挺得直直的，眼睛瞪着正前方。它宽大的翅膀在她膝盖下铺开，它那翅膀有着浓得发亮的深红、深绿色，衬出她皮肤上暗淡的色素沉积。

这就完了。她想，心里渐渐地松快起来。

不再有血流出来后，贺兰将鸡头放在地上，慢慢抬起了膝盖。大腿跪得有点抽筋，她哼了一声，撑着腿慢慢站起来，走到廊下，返身再看这只鸡。公鸡一动不动地瘫在地上，粗瓷碗里正在灭去最后一圈血沫。母亲站在她身边，两人都没有作声。

但是，公鸡还没有死。贺兰刚要移开目光，它突然拍打起翅膀，踉跄着站了起来。这一下想必努出了全部的力量，系在翅膀上的绳子直接被它挣脱了。它腿上的绳子并未挣断，在即将摔倒的瞬间，它狂放地扑起翅膀，随便选了一个方向飞起来。它先是扑在廊下的水泥柱上，奋起了一大把鸡毛，打个弯，它又扑在指甲花的花盆上，再向上飞了一飞，给院墙头留下一抹血迹，然后朝水沟飞去。院子里到处滚着它身上落下的羽毛，以及鸡血被打翻后浓郁的血气。与此同时，从它喉咙里蹿出最后一串骇人的、漏气的咯咯声。

贺兰紧紧捂住了嘴，忘记了手上还有公鸡的血液。哪怕只在母亲和一只公鸡面前，她也不愿叫出来，因为她知道中年女人的尖叫有多么吓人，但她在心里叫了。她盯着狂奔的公鸡，她在心里喊道：“快死呀！”

随后，公鸡撞上了院角的芭蕉树，直接飞起一两米高，蹿进了树叶里。然后，它扑簌簌地掉下来，滚在一团泥灰里，死去了。

贺兰盯着公鸡不成形状的尸体看着，大脑里一片空白。想到还要再碰这只公鸡，她心里立刻升起极其强烈的厌倦，强烈得简直没有任何办法，只能站在原地不动。这时，从她身边走过她的母亲。母亲一步一步踏下台阶，慢慢走到公鸡跟前，攥住它的一只脚爪，像拎一棵大白菜那样吃力地把它拎了起来，一口气拎上台阶，丢进门前的脸盆里。公鸡太大了，她俯下身把它归置归置，像对待一盆衣服那样，把它周身团好，全部塞进盆内。然后，她提起水壶，往鸡身浇开水。她提壶的手夸张地抖着，水流左右摇摆，但竟然没有浇到盆外，也没有烫到自己。

鸡毛的腥气开始在满院里蒸腾，贺兰在这混浊的气息里回过神来，感到有点儿犯恶心。母亲放下水壶，看见她的脸，吃惊道：“怎么脸上弄这么多鸡血？”

贺兰随便应了一声，取了一只小桶，去院外水井打水。她花了很长时间，仔细地洗去脸上与手上的血迹。然后，提着满桶水回来，冲洗地上的鸡血。冲完了，又去打了一桶。就这样反复数次，直到鸡血或者冲进阴沟，或者已经渗进了泥地。

至此，才真正天光大亮。七点，是贺兰在山外刚刚起床的时刻。

接下来的午餐与晚餐，母女两人都吃到了新鲜的土豆烧鸡。母亲的牙不好，只能吃一些柔软的鸡肉，像鸡翅、鸡腿这些美味的部分，都进了贺兰的碗里。她们放开了使劲吃，因为家里没有冰箱，这只鸡又特别大，在菜盆里高高地堆了起来。

翌日清晨，贺兰坐上第一班出山的客车回去了。出门的时候，母亲把她送到下山小路的路口。这是她多年的习惯，无论是谁，从来不送人到山脚的。小路曲曲折折，在某一个转弯处，贺兰转头回望，清晰地看见母亲还站在山崖边看着她。母亲矮矮的个子，纯白的头发，腰前系着旧蓝布围裙，发胖的肚子将围裙向前顶着。

“妈，回去吧！”贺兰喊了一声。

母亲没有回应，也许没有听清楚，站在原处没有动。贺兰加快脚步，匆匆向前走。她害怕这样的回望，从山脚到山腰，隔着五六十米的空气，隔着一如既往的草木与泥土，像是隔了整整一个世代、一段永远也跨不过的空间。这简直令人心如刀绞。

“今年到过年以前，都不要再回来了。”进入小镇的时候，她自言自语，“以后，也还是要少来，因为我的生活不在这里。我唯一的生活在那里，我不喜欢它，可别的地方并没有我的生活。”

如果这个决心能够实现，当班车驶上邻山时，她将是今年最后一次看到自己出生的地方。她对这山路上每一米的景观都熟稔于心，到了那合适的角度，便从窗户远远地俯视山腰上的小院子。从这个较高的角度看去，屋宇小得像积木。门前没有母亲，菜园里也没有。不过，她看见了一些新的东西：在院子的前方，与对面的山腰之间，挂着一片洁白的帐幔。现在不是很早了，太阳已经出来，帐幔在慢悠悠地上浮，呈菱形，像是有一只隐形的大手，在山巅向上挑着它。

那些浪费的时光和生动的爱

骆驼梦

那只骆驼，看上去很大的骆驼，应当是下午五点左右送进来的，因为他四点半出去过一次，那时铁栏里还是空空的，没什么引人注意的东西。五点半他下班出门，走到那里，发现栏里站着它。

看见骆驼，他的第一个想法是环顾左右。他觉得激动，又觉得这激动有点莫名其妙。他想从周围找到一点解释这骆驼的东西，但是没有。

正前方那个动物园的公告栏，从六月底画上欢迎小朋友的粉笔画后就没有变过。已经斑驳的画里有熊猫、狮子、驼鸟等动物，但是没有骆驼。左边是土坡，一条晒得软塌塌的水管从水泥路牵过去，沿土坡拉上。一个工人正分开腿站在水管上，塌下来的肩膀背对着他，似乎被漫长的西晒搞得有点不耐烦了。右边是坡鹿和驼鹿的大园子，裸土上星点布着粪便，那几只鹿远远立在一片树荫下，好似在盯着他，又似在发呆。

他走近那骆驼，端详它。骆驼侧身而立，突出的眉峰下面睁着一只正在出神的、反射着暮色的眼睛。它的瞳仁格外大而黑，像大部分食草动物那样显得十分天真，眼眶后面，竖起两只和巨大身躯不相符的小耳朵，还有那张闭合的嘴，抿出的弧度似在微微地、调侃地笑。

这是一只双峰驼，驼峰上的两堆毛像是土堆上秋天的草，晚风令“草叶”向一个方向齐齐倾斜。这风让他悠悠地想起五年前，和妻子离婚的那个夏天。

骆驼一直站在原地没有动，头也没有动。它用一只眼睛看了一下他，便移开了目光。他拿下脸上的深色近视镜，好让它能看清他的眼睛，但这骆驼似乎对人有点习以为常，并不在乎能不能看见他的眼。

“哎。”他轻轻哼了一声，想告诉骆驼，自己对它是不同的。

骆驼并没有反应。它翘着壮实的大脖子，脖子下方长满褐金色的毛。毛一直延伸到腿根，大腿粗粗的，然后突然变细，皮包骨头，下面是四只仿佛被体重压成扁形的蹄子，蹄子踏在光秃秃的水泥地上。它的头被一副勒子系起来，像系一只螃蟹。勒绳另一端拴在栏边的一根木桩上，中间长长的绳子垂下来，跟骆驼弯起的脖子正好对称。

骆驼给他一种清高的感觉，仿佛正是长久的束缚让它包容了身边的一切，然后决定不必再发一言。同时，他觉得它离他好远，因为他有点难以想象，这具走到近处才发觉相当庞大的身体是活的，能看、能吃、能动，也许还见过一些他没见过的，也许还能思索。

他很希望骆驼把头挪过来一点，做一点闻嗅他的努力。或者，在地上走两步，让他听一听蹄子噗噗的顿地声。可骆驼一直一动不动。这段时间唯一发生的事情，是西斜的太阳不断烤在背上，让他有点热，有点出汗了。

“黄主任。”有人从旁边走过来喊他。

他看看对方，微笑着应了一声。来人是园中这一片区域的工人，他不记得名字，但面熟。

“好贵的一只骆驼，下午才运来，看着还不错，哦？”

工人打开栏门，在骆驼面前走过，端起栏角那只大食盆，拧开角落里伸出的一只水龙头，哗啦哗啦地往盆里冲水。

他感到心脏嘭咚一跳——栏门打开了。在想象中，他嗖地走到骆驼面前，仰头看着它那抿得始终像在微笑的嘴。持久的微笑总得有点含义，不妨认为骆驼的微笑是在轻轻地蔑视自己。然后，他还可以摸一摸那温热的脖子，按一按那厚厚的皮，感觉一下它皮肤里漫涌着血液的肌肉。

被骆驼蔑视也没有什么关系，他想。只是他也和骆驼一样一动不动。

“下班了哦。”看骆驼的人将一大盆清水放在骆驼面前，对他说。

“嗯，明儿个见。”他戴上眼镜，预备离开。

在家里一天未出门的儿子，看到父亲回来，欢呼着跳起来迎接他。小男孩不只是因为父亲回家高兴，还因为父亲的出现意味着今天出门玩耍的时间就要到了。儿子呐喊的嗓门有点破音，听上去野野的。他很喜欢，心头也热起来。

做饭的时候，他回想起了那只骆驼。不过一个小时，骆驼的细节已经有点忆不起来了。骆驼变成了一团金黄色的光，像一只瓦数不高的灯泡，在他心里始终晕开一小片。

而此时，太阳已经完全落下地平线，外面的灯火渐次亮起来。

这天晚饭后，他纵容儿子跟其他小朋友多玩了一段时间。他在小区活动区里，跟那些妇女坐在一起，看儿子从这个小孩身边跑到另一个小孩身边，哇哇地呐喊，大声建议各种游戏，一会儿往高处爬，一会儿往低处跳，脸颊红得像有血要涌出来。

有时，儿子会忽然收敛动作，抬头寻找父亲的目光。他便用微笑暗示他不用担心时间，儿子便重新抖擞起精神来。这让他的心有那么一刹那感到一酸。

他希望儿子更野一点，不要像父亲，最好，也不要像母亲。儿子今年九岁，跟妻子离婚时，他才四岁。他为父母的事哭过吗？他希望儿子永远像今天这样，只要跑、跳、呐喊、流汗就可以。

很多年以前，他还是个年轻人时，他的父母也是这样期望他的：开心一点、正常生活，找一个不错的老婆，生一个健康的孩子。他却让他们一直担心。那个时候，他狂热地迷恋艺术、写作诗歌，为了一个女孩子划伤胳膊、通宵抽烟、写万字情书，而那个时候也正是中国诗人自杀的高峰期。

他给妻子写过三十厘米厚的情书，这一点他记得很清楚。离婚前，妻子把那些情书全部烧毁，他也记得很清楚。妻子没有亲口告诉他，他是从儿子房间的小桌上凭空多出的一堆纸片知道了这件事。那些纸片是信封上的装饰图，妻子收拾信件时被儿子看见，闹着要那些图案，她就停下来，一张一张剪下来给他，然后再烧掉那些信。

平心而论，妻子是个好女人，不娇不骄，处事得体。即便在半年分居的敏感期里，她也从来没有表现出怨恨他的意思。这一点，儿子就是最好的证明。儿子在他面前总是很自然，也不介意被妈妈定时送到他这里来住一阵子。这说明她在离开他以后，依旧在用她的好处照顾他。

无可否认，他们离婚是对的。她应当去一个更好的家庭。他下不了这个决心，幸而她能下。他最终同意离婚，是因为他不得不承认，这么多年来，他无法对她产生一点点影响。有些人能在最普通的生活里表现出对他的不需要，甚至在美德中。这本没有什么，可不幸的是，他爱上的人就是这样的一个。

离开前，她说："我爱你，但我还是要离开你。"

还有："我只想简单一点。"

恢复单身的头两年，他曾经往死里琢磨这两句话的含意，觉得这几句话真是可以无限延伸，简直可以写一本书了，但他从此却搁下了笔。他也曾用很多时间琢磨搁笔这件事，仿佛重新从娘肚子里生出来一遍，手脚簇新、生疼，令他辗转难眠。

后来，他恢复了正常的睡眠。再后来，这些事情就淡了。偶尔想起当年那些痴狂的日子，他觉得，不再写也是好的。至少，对他来说，不写比写要好，天赋决定了他永远做不了一个好的写作者。于是写的时候，他的整个生命都被紧紧捆绑，一天一天是数着过的：自己像是自己的审判对象，只言片语都要挖个清楚；又像缓期服刑的犯人，看似自由，实则永久有一本严厉的法典在头顶；也像是取保候审，走得再远，也会被某个期限拉回来。

对每一个人来说，都有一种生活，是可以对之说“不”的。都有一种生活，身在其外的人都知道可以对之说“不”。

他第一次梳理出这个结论时，曾经有把手稿统统烧掉的冲动——像妻子烧掉自己的那些信那样。那些匆促的字迹、长长的划痕，他写下它们时用熬得通红的双眼凝视面前的墙壁。总得、总得有一个举动，能生悍一点、强硬一点，能与那些庞大的字纸相颉颃吧——任谁都可以完成这样一个举动，但是他没有完成。他知道这些东西写的并不好，正是这不好，让他有了不忍。像一个自己生下的丑丑笨笨的小孩，因为他丑、他笨，捅了娄子时反而不忍心下手揍他。

但是面前跑着、叫着的是他真正的儿子啊，并不丑，也不笨。而曾经，他以为自己只有一种后代，就是那些手稿。他把它们丢在书橱下面的柜子里，就那么一丢。一刹那里，他清楚地记下了几个本子躺在旧书堆上歪扭着的形状，但再也没有伸手把它们扶正过。

现在的他是父亲，无论从哪一点想起，最终都要落在儿子身上——自己的儿子。这个野气的小男孩，这一辈子只要跑、跳、呐喊、流汗就好。儿子四岁那年，他和他都告别了过去的生活。四岁以前，儿子和他朝夕相处，但并不知道他写过诗，今天也一样。

他们是今晚最后一批回家的散步人。他还在洗手间里准备洗澡水时，儿子就歪在沙发上睡着了。他汗津津的脸颊在皮沙发上擦出一块湿印，眼睛松松闭上，眼睫毛似乎还沾着汗珠，嘴巴微张，呼哧呼哧地呼吸。

他蹲在儿子面前，端详着儿子。儿子整个人像一只滚烫的小动物，热气腾腾。

“起来洗洗再睡，洗洗再睡啊。”他说。

儿子懒懒地扭了一下身体，眼睛睁开一条缝，又闭上了。他就在沙发上给儿子脱衣服。脱到短裤时，儿子笑嘻嘻地睁开眼睛，起身往洗手间跑去了。

儿子在他的面前扑过满身的汗味，让他想起“乳臭未干”这个词。这令他又想起了妻子。

那只沉默不语的骆驼，晒得浑身发烫的骆驼啊。

第二天他上班去，走过昨天看到骆驼的地方，发现它还在那个栏子里。这本是临时围栏，园里新来什么动物就先拴在那里，安排了合适的住处再挪走。大部分动物不会待在这里超过一两天。

骆驼和昨天姿势略有不同，但是神态还是一模一样的——肃然不动，好像从没见过他一样。

“哎，骆驼啊。”他伸手抚了一下栏门上那只铁锁。

“骆驼在临时围栏里。”他将这句话在心里咀嚼了几遍。“骆驼”“临时”“围栏”，他不知道到底是哪个词让他难以从心里挥去。

昨天给骆驼喂水的工人，此刻坐在围栏旁边出神。现在太阳还没有照过来，天气比较清凉，人人心中都还是平静的。

“骆驼不会跑吗？我看它两腿一跨就能出来了。”

“不跑，不跑的。”工人脸上晃着淡淡的微笑，跷起的一条腿也在轻轻地晃着。

他向办公室走去，一路上在心里问着另一个问题：“骆驼不需要走路吗？”

在办公室里，他看到后窗外有一缕阳光照在一棵榛子树上，树下满地是掉落的榛实，无人问津。

这晚，他回到家，看见儿子正坐在书橱前面，低着看一本旧杂志，身边还摊开几本旧书。他见惯了儿子贪玩的样子，这次看到他主动找书看，不免感到诧异。

“能读懂吗？”他低头问儿子。

儿子不答，他用一种少有的认真神情把这一页看完，才抬起头看看父亲，指着身边的一沓书报说：“爸爸，我想要好好读书啦。这些杂志我带回家，好吧？”

他赶紧点点头，心里有点高兴，又有点失落，因为儿子果然还是像自己的。他自己也是差不多从这么大开始天天找书来看的。那时，他认识的字还不多，于是，当教师的母亲让他把一本故事集里所有不认识的字都圈出来，她用铅笔帮他标上拼音。他每认识一个字，就把旁边的拼音擦去。那本书他陆续看了六七年，直到所有拼音都擦去了，直到里面的故事让他觉得索然无味了。

他的母亲起初非常鼓励他看书，后来，则是很希望他能尽量远离书本。

每次看到儿子做什么事，他就会不能自制地想起自己童年某些相仿的细节。他想，自己还是因为青年时代做过的事，所以把童年记忆保持得比同龄人久一点的。

晚饭时，他问儿子：“快开学了，要不要再跟我去动物园玩一次？”

儿子摇摇头：“去过好多次了，没有什么好看的了。”

他说：“园里新来了一只骆驼。”

儿子没有注意他说什么，兀自慢慢地扒着饭。

他想到了别的，改口道："我的办公室外面有棵榛子树，结了好多榛子没人要，我们可以把它们都捡来给小猴子、小鹿吃。"

这话吸引了儿子："什么是榛子？"

"和板栗差不多的一种果实，给小动物吃很有营养的。"

这勾起了儿子的兴趣，他同意了。

饭后收拾儿子弄乱的书柜时，他看到了二十出头时写下的几个笔记本。他从中挑出一本，翻开。

他还记得那篇随笔在哪一页。

我希望能像只骆驼。我见过骆驼，在一个未名之地。那巨大的动物被人驯服，在原地候着主人，见我走近，缓缓从地上站起来，抬起那套上嚼头的脸望着我。都灵的街上有一匹被鞭打的瘦马，濒临疯狂的尼采冲过去抱着它的头哭泣——我不是尼采，也没有疯狂，我只能记得它，然后离去。

骆驼是一种用缓慢和沉默征服时空的动物。它走过一个又一个沙丘，一片又一片沙漠。偶尔风沙狂卷，骆驼默默地站在沙中，它知道风沙总会过去，沙漠总有尽头。沙漠前方有绿洲，而绿洲的前方还会有另一片沙漠。

骆驼比人更能分辨海市蜃楼。

所有被道出的都会消散，所有被写下的都是欺骗，所有过往的时间都是蹉跎。唯有在汗水和沉默里，一个人能知晓万分之一的真相。

他靠在椅背上，开始有点紧张，随后渐渐放松，饶有兴味地在心里念着。等读完了，发现自己正在微笑。

“我年轻时写得也不算坏嘛。”他想。

他还想起了以前的许多场景，比如，如何在深夜里就着一盏小台灯奋笔疾书，还有奋笔疾书时的心情。倘若严肃地看，十几年前的这几段随笔还是触及了一点真相的。青年时代的严肃和虔诚让这些字句有了点预言的性质。

也有想不起来的，例如为什么忽然赞颂起骆驼。在能记起的年月里，他最喜欢的动物一直是马与狮子。

翌日，儿子果然为捡榛子而热情高涨。这棵榛树今年的果实格外多，掉落满地。他们捡了几分钟，手里的塑料袋就要被鼓鼓的果实撑破了。

“喂猴子！喂小鹿！喂大马！”儿子将一袋果实紧紧攥在手里，激动地往猴园跑过去。像一切这个年纪的小男孩一样，儿子喜欢善于表达感情的猴子。他知道动物园不允许游客给动物喂食，但他没有阻拦儿子。那些猴子瞥见儿子手里的褐色坚果，立刻两眼放光地跳到铁丝栏上，伸出极其灵活的爪子向儿子讨要。它们一把接住榛子，然后立刻塞进嘴里的那股劲儿，好像正在配合儿子做什么坏事似的。

儿子第二要赠予榛子的，是两只梅花鹿。它们要羞涩得多，听见唤声，轻轻地走到铁栏前，向榛子张开嘴，露出和人一样细密、白净的两圈牙齿。它们吃东西的样子文静而典雅，嘴巴均匀地左右动着，发出“咯噔咯噔”的声音。吃完了，儿子又把一把榛子全部塞进它们的嘴里去。它们细细嚼了很久，然后低下头，在地上嗅取掉出来的那几颗。

“不要一下子扔光了，还有骆驼呢，园里新来了一只骆驼。”他说。

儿子和昨晚一样，好像没有听见。他知道小孩子们对骆驼不感兴趣，骆驼不好玩也不漂亮，属于吸引力较小的一类动物，所以动物园今年才买了一只，并且不介意孩子们的暑假已经快要结束了。

但是，这只骆驼似乎比较喜欢儿子，见到小男孩的时候，它转动眼珠盯着他看，头也朝他俯下了一点。

“你要吃榛子不？榛子！”儿子拿出一个榛子，高高伸到骆驼身边。骆驼没有反应。儿子把榛子向骆驼的嘴边扔过去，榛子轻轻打在它脸上，然后掉了下去。

“不吃吗？好吃呢！”儿子瞄准骆驼的嘴，又扔了一颗。

骆驼的嘴巴依旧严密地抿着，它眯起眼睛，把头往远离男孩的方向偏了偏。

“老爸，骆驼不吃东西吗？”

他摸着儿子湿漉漉的后颈，在头脑里寻索着关于骆驼的常识。

“骆驼每次远足前都会吃许多许多草，喝许多许多水，全部转化成能量藏在它的驼峰里，然后在走路的几十天里可以什么都不吃。”

“我知道，我在书里看过的。那骆驼现在不用走路，所以什么都不吃？”

“有可能。”

他看着骆驼，在心里揣摩着让它属于“活”的那样东西。骆驼今天的姿态和他第一次见的时候几乎一模一样，仿佛这几天什么都没有做，没有吃喝，也没有卧下来睡觉。

“让骆驼出来走走吧。”儿子说。

“好。”他说。

儿子才九岁，他觉得儿子的愿望是当真的。他比儿子大二十七岁，儿子会把他的话当真吗？他有点感喟地看看儿子，想在他的一举一动中找到信任这个父亲的证明。

似乎没找到，但也没找到不信任的证明。两人只是惯性地，窸窸窣窣地走向下一个可看的地方。

榛子全部送完的时候，他接到了妻子——应该说是前妻——的一个电话。这并不出意外，因为暑假就要结束了。她告诉他，明天下班后要来接儿子回去。今天或明天，有时间的时候，请他把儿子的东西收拾一下。

“应该早点让孩子回家去熟悉一下氛围。”

“好。”他说。

关于儿子的交代结束，无话可说的时候，他知道要挂手机了。他等着她先挂，屏住呼吸听着。他并不害怕和她当面对话，但每次通过电话听到她的声音，他的心总是莫名其妙地怦怦直跳。这一瞬间，他似乎看到了一片似远似近的黑夜，等待有流星划过。

片刻，她说：“你不挂，那我挂了？”

没有任何责怪或留恋，她挂掉了电话。

这时，他做了一个决定。这个决定令他接下来一直有点心不在焉。一到下班时间，他便送儿子坐上返家的公交车。他想了个理由让儿子安心先回家，一折回来，立刻就忘掉了这个理由。回到办公室，他打开一个很少打开的抽屉，在里面翻出管理室的钥匙。然后，他走进空无一人的管理室，找出临时围栏的备用钥匙。

他捏着那柄几乎从没用过的铝制小钥匙，等着时间过去。夜色正逐渐聚集，一片暗色中，那只金黄色的骆驼晕开了一小片。这种颜色，像第一次通宵不眠看见的月亮，像大学时陪他笔耕的那盏台灯，像离婚后每一次见到妻子时，想在她面上寻找的那样东西。

总得有一个举动，能生悍一点、强硬一点，能与那些庞大的字纸颉颃吧。

他走到骆驼面前，伸手拿起铁锁。属于夜晚的第一阵凉风正在吹来，秋天已经近在咫尺了。骆驼没有睡，它立在那里，稳重地看着面前这个人拧锁、推门、走进来。骆驼动了一下蹄子，发出沉闷的一声。接着，它看到他仰视它的眼睛。这眼睛向上大睁着，努力抬起眼皮，像掀起一件风尘仆仆的披风。

还有一双温吞的男人的手，轻轻按在它粗壮的脖子上。

翌日清晨，他从梦里醒来，坐在床边，想起儿子今天就要离开，有点闷闷不适。但是，一个深藏于身体某处的兴奋还是蠢蠢欲动着，令他心里一阵阵不安。

儿子还在小房间里沉睡，他不舍得叫醒他。吃过早饭，他吹着口哨，收拾儿子的东西。他取下衣架上儿子的衣裳，把儿子要的那叠书报放进儿童旅行箱里，再走进书房。这阵子，儿子都没有认真做过什么作业，文具和书报乱摊在桌子上。他慢悠悠地收着，直到发现自己在故意拖延上班的时间。

终于到了动物园，他向昨日骆驼待的地方走去，一步一步，所见都和往日一样。走到那关键之地，他慢慢抬起眼皮，向临时围栏看去。

骆驼真的不见了。

他环顾四周，想为他所看见的找到一点证明。工人们稀稀拉拉地走在各处，清晨的日光在一点点的挪动中增加着热力。最近的坡鹿与驼鹿的大院子里，那几只鹿没有躲在阴凉的地方，而是站在晨光中，像是在经历一种沐浴。它们周身的毛发密而短，在斜斜照过的光线中，短暂地晕开了轮廓。

那些浪费的时光和生动的爱

人之初

一

小麦六岁的时候，唐美言终于答应给女儿买一窝小鸡。

小鸡以前也养过几次，不过那时小麦还没记事。那时，美言的丈夫不像现在这样常年在外工作，夫妻俩一起操持家庭，每年开春若有兴致，就去附近卖小鸡的农户那里买个十来只养着。如今，丈夫外出工作，美言就不再养鸡了。不论养哪种活物，终归是比较操劳人的事情。搭鸡笼，买稻子，清鸡粪，留心生病走失，看上去都是琐碎小事，但日复一日，也并不轻松。

小麦是不会懂这些的，小麦想要小鸡，只因为她见过毛茸茸的鸡崽，觉得可爱。她问妈妈，家里有养鸡的地方吗？妈妈说有。她又问，买一些小鸡很贵吗？妈妈说不贵。于是，她就一心一意渴盼起小鸡来。到二月底孵小鸡的季节，美言觉得，也许真的到了再养一批小鸡的时候了。她便带着女儿走出院子，顺着郊区的马路往卖小鸡的农户家走去。

在小麦眼里，孵小鸡的那家人一定很幸福，因为每天都能遇到小鸡出壳这样令人惊喜的事情。鸡房是一个只有门没有窗的房子，里面有一个高大的木架。小麦站在门口，立刻感到一阵热气混着鸡毛味扑在脸上。鸡房的主人让她们在外面等着，独自走到架子后面，然后，很快就捧着一个大竹筐走出来。

“挑吧。”他把竹筐在母女面前有日光的地方放下。

小麦第一次离一群小鸡这么近，兴奋也不是，紧张也不是。挤得紧紧的一群小鸡，各种颜色、各种姿态、各种动作的一群小鸡！

“我们先拿三只黑色的，黑色的比较好养活，好不好？”美言微笑地看着女儿。她知道六岁的女儿在最关心的事物面前，反而总是让妈妈帮她做主。

小麦点点头。

几只黑色小鸡在美言的手掌里挣着翅膀，被放进她们带来的小竹篮里。接着，美言又挑了五只小黄鸡。然后，美言让小麦自己也挑两只，小麦端详了一会儿，选择了两只最干净的白色小鸡。她捉它们的样子，像是捧着一个扑通扑通的心脏似的。

“好了。”美言把篮子给蓝衣人看看，数了一下，一二三四五六七八九十。她付了钱，在篮口上蒙了一件旧衣服，然后像浣衣的农妇那样，把篮子挽在臂上，拉着小麦回家了。

一路上还是碧茵茵的初春景色。作为日子的背景，这些风景看着很舒服，但不适合入画，也不适合拍照。好在走在这路上的人，从没有谁想起要画画或拍照。小鸡一路细鸣着，小麦蹦蹦跳跳，唱着没头没尾的歌。

养小鸡的准备工作，美言已经提前完成了。她把一些大米炒熟晾凉，用布袋装起来，这就是小鸡的食物，够它们吃许多天。吃的时候，只需撮一点放在碗里，用开水泡软即可。美言又找出一个漏水的浅口木盆，收拾干净了，在里面铺一层报纸，这就成了鸡仔白天的活动场所。幼鸡是不可以下地的，尤其是在乍暖还寒的天气。

正午日光暖洋洋的时候，美言就把小鸡一只只放进木盆里晒太阳。她教女儿喂鸡：将筷子头蘸几粒泡软的炒米，伸到它们头顶。很快就会有小鸡仰起头，用嫩黄的喙啄下来吃掉。吃毕，就左右摆头，在报纸上擦嘴。没有谁教过它们，它们却能准确无误地做这些动作。小鸡吃了一些炒米，胸口的嗉囊就会鼓起来。美言不时用拇指摸一摸它们的嗉囊，如果里面满当当，都能摸到疙疙瘩瘩的米粒，就不准这只小鸡再吃，而把炒米伸给没吃饱的那几只。

养了几次鸡，总是黑色小鸡吃得最多、跑得最快，仿佛它们长着不好看的羽毛，造物就弥补给它们更强的求生能力。与此相反，小麦挑的两只小白鸡看上去就没有黑鸡结实，叫声细，胆子小。然而，小麦蹲在木盆边，永远不厌其烦地看着它们，有时拿起一只放在手心一遍一遍地抚摸。小白鸡缩起脖子，眯上眼睛，等着她把自己放回盆里去。

拥有小鸡的第一天，小麦关心地问美言："小鸡是不是没有妈妈？"

"当然有，不然谁把它们生出来的呢？"

"那——"

美言知道小麦的意思："它们到我们家来，我们就是它们的妈妈。"

小麦对这个回答表示满意。收小鸡的时候，她对着每一只小鸡叫了一声“乖”。

这一年的初春挺寒冷，美言仔细照顾小鸡不让受冻，更仔细地照看小麦。认识美言的人，都知道她照顾孩子十分仔细。她给小麦添减衣服，可以精确到气温上下一两度。比如，中午小麦有点出汗，她会立即把她的棉袄脱掉，穿上羽绒背心。该脱毛衣的时候，她会用针织背心作个过渡，不会让孩子心口空荡荡地走来走去。小麦的里外衣裤都是美言自己做的，看上去不起眼，却是紧针密线，量身合体。因此，一个冬天以来，小麦一直穿得暖和，却不会堆得动弹不得。

美言一个人带着孩子，但从不向人抱怨。关于女儿，再辛苦她都心甘情愿。当年，她在婆家产女后，婆婆好几次劝说把小麦留在农村老家，他们在外面再生一个，看能不能生个男孩。美言表示，夫妻俩都是双职工，这样做会冒开除公职的危险，何况同事都知道他们已经生了个女儿，孩子突然不见了，问起来如何回答呢。

婆婆干脆地说：“就说丢掉了嘛。”

老家方言里，小孩“丢掉”和死掉同义。美言十分生气，拒绝再谈二胎的事情。从此，她下了决心，要把小麦认真抚养，绝不给她束缚，让她享有一个孩子最大的自由。女孩可做的事让她做，男孩可做的事也支持她做。她不相信小孩子的好坏和性别有什么关系。

所以，她从不阻止小麦在小鸡这类事情上花太多心思，也没有强迫小麦受早期教育，而是教她做手工、唱歌儿，给她开辟一小块菜园种花生。美言觉得这些体验比学算术重要得多。小麦受了这些熏陶，从上学念书起，虽然成绩不是十分拔尖，但对所见的一切事物都有热情，也有好奇心。老师们不常夸她听话，但对她的灵气都有共识。尤其是小麦的学前班老师十分喜欢她，还对美言说，等小麦升一年级时，要留一张她的照片做纪念。

有了小鸡以后，小麦更是多了许多乐趣。入夜，美言把鸡篮收进卧室里，用旧棉袄上下包裹好，再冲一个热水袋放在篮子下面捂着，免得它们受冻。小麦一边帮妈妈做这些事情，一边忍不住一次又一次掀开篮子看小鸡。它们在角落挤成毛茸茸的一团，闭紧米粒一样大的小眼睛。搬动篮子的时候，能听到它们在睡梦里唧唧啾啾的细声。

这样一群小生命和自己在一间屋子里睡觉，小麦觉得很奇妙。她问："妈妈，小鸡长大得快不快？"

"快，"美言笑道，"和小麦一样快。"

回想小麦的成长，美言常常觉得太慢又太快。有时，看着小麦蹲在小鸡面前咕咕哝哝，会一闪念以为她还在牙牙学语，还在蹒跚学步——她现在做梦，有时就会梦见婴儿时期的小麦。她那时就是个精力充沛的婴儿，吃奶时总是不安分地动着手脚，扯妈妈的衣裳头发，把脚丫伸到她脸上去。美言亲一下她的小脚，她就笑嘻嘻起来，眼珠亮得像溪水。

小麦如今才六岁，但美言感到自己沉湎在有女儿的世界里已经很久了。不过，她还记得未婚前的许多事情。年前，娘家最小的表妹结婚，拍了几张很好看的婚纱照挂在新房里。她看了，又高兴又心酸，想起当她还是个刚参加工作、尚未摆脱羞涩的姑娘时，就被无形的手轻轻一推，推进了一无所知的婚姻家庭里去。一个传统而贫寒的家庭是不会给一个女人太多时间学习做妻子与母亲的。

在那种年代，一切对女人的束缚都有理有据，女人压抑自己也是理所应当。她靠忍耐与安顺获得一点家长的关爱，但她知道，如果有别的方式获取关爱，她一定不会这样。所以，生下小麦之后，她没有在意丈夫和婆婆掩不住的一点遗憾，在心里为自己偷偷高兴：她有女儿了，和自己长有一样的眉眼与脸型的女儿，她在这世界上最像她。她享有过的爱要给女儿，她不曾有过的自由也要给女儿。最美妙的是，她可以把内心留存的女孩的那部分，在她身上找到可爱的呼应——因为她是她的母亲，作为母亲的她和作为女儿的她是在同一天出生的，她们并肩同行。

二

小鸡买回来一个礼拜不到，小麦的两只小白鸡死去了一只。

美言对此并不意外。这样小的鸡崽，夭折几只是常有的事情。它们非常脆弱，死亡来得也轻快，可能头一天还好好的，第二天就委顿起来，不吃不喝，然后慢慢躺倒死去了。

那天下午，美言看到那只小白鸡的模样，就知道它可能要断气了。小麦放学回来，立刻蹲在盆边看她的鸡。美言手里做着别的事情，余光注意着她。她看到小麦把沾有鸡粪的小白鸡拿在手上仔细看着，一会用手抚摸，一会对着小鸡吹气，似乎要试图把小鸡救活。片刻后，小麦才吞吞吐吐地喊了一声“妈妈”。美言走过去，看到小麦脸庞涨得红红的，但没有哭，半低着头把小鸡递给她看。她发现女儿竟会努力对妈妈掩饰心里的难过，心里的感受有点复杂。她说：“不要伤心，小麦。”

小麦说：“还好，不伤心。”

但是，她分明有两大颗眼泪滚了出来，挂在脸颊上。美言忍不住心一疼，摸摸小麦的头说：“小麦别哭，这只小鸡身体不好，我们去把它埋掉吧。”

小麦说：“不要埋，埋到土里就看不见它了。”

“那要怎么做呢？”

“像我姥爷那样。”

美言感到无言了。她的父亲三年前去世，按老家的习俗，要先在坟边搭一个很小的白墙黑瓦小屋，棺木放在里面，几年后再破土下葬。小麦只有六岁，她见过的最亲的人的坟就是姥爷这样的。

于是，美言用碎瓦在厨房后面一块隐蔽的草地上给小鸡搭了个小屋。死掉的小鸡用一块布包起来放在里面。顶小的一具尸体，顶小的一个安葬仪式。小麦亲手把屋顶盖好，又用碎瓦块把所有缝隙都封起来。

此后几天，小麦每天喂完那九只小鸡后，都要来看这个小鸡。她会把瓦揭开，看小鸡是不是原样躺在里面，用树枝拨弄一下那个小尸体，再原样盖好。她还会对着小白鸡念念有词。美言知道这些，但她不去过问，她等着女儿慢慢接受这件事情。一个孩子会本能地懂得爱与亲密，但不能本能地理解失去和死亡。然而，死亡是没有办法、必须接受的事。以后，还会有更大的失去和死亡在等着她。

有一天，美言看到小麦带着院子里其他几个小孩一起去看小白鸡。几个小朋友一起说笑打闹，冲淡了这座小坟的沉重意味。她看见小麦和他们一起把屋顶打开，争着看小鸡僵硬了多日的死状，大声讨论着什么。

第二天，美言发现女儿没有再去看它，未及问，小麦先告诉她："妈妈，我昨天用铲子挖了个坑，把小鸡埋起来了。它身上爬了好多蚂蚁，看着好吓人。"

后来，这一群小鸡又死掉两只。一只黄色，一只白色。死的方式和第一只一样，没有预兆地，忽然就不吃不喝，逐渐蜷缩起来，躺倒下去。其他小鸡在它们身边自由活动着，有时啄一啄僵硬的同伴，有时从它们身上走过，它们比人类似乎更加接受这种轻轻快快、莫名其妙的离别。

美言和小麦把它们埋在小白鸡旁边。对此，小麦依然是很难受的，盯着死小鸡，嘴巴撇着，表示很不愿意看到这一切。她心爱的两只小鸡都死去了，一点没有顾及她的感情，这似乎和她养鸡的初衷不符。以前，她也见过杀鸡、杀鸭，死掉的野猫、野狗，还见过一次骇人的杀猪场面，但那些都是远离她世界的动物，并没有逼近她，要她感受它们的消失。这次不一样。她最不能理解的就是，死不是一件很大的事吗？电视里演的死，都是催人泪下的场景和音乐，难道它们无声无息的死有什么不同？

这些问题当中的任一个，对小麦来说都太复杂难懂了。她更担忧的是：这窝小鸡会不会就这样一只接一只全部死掉？被这种忧虑驱使着，她每天都在打量剩下几只小鸡的精神状态，杯弓蛇影似的。美言告诉她，剩下几只小鸡身体都很好，一定能活到长大。小麦不信，并且表现出后悔养小鸡的意思。

“当初是你坚持要养的呀。”

小麦点点头。

“所以，你是它们的妈妈，要负责把它们养大啊。”美言笑道。

小麦抿着嘴，不答。

此后果然没有再死过小鸡。到了四月，地气和暖，小鸡可以下地自由活动了。它们已经长大了一圈，腿变长，脚变大，翅尖与屁股上冒出几根硬羽，喙的颜色从嫩黄变成橙黄。接下来的一个月，是这些小鸡脱胎换骨的时期。它们不断褪去软毛，越来越多的硬羽逐渐覆盖整个身体。它们的喙变成玉石一样的浅褐色，且和玉石一样坚硬，戳在地上咄咄有声。它们还渐渐失去幼年细小的嗓音，变成咯咯咕咕叫着的小公鸡、小母鸡，在石头台子上展开翅膀跳上跳下。

小麦看着小鸡的这些变化，觉得它们好像长得有点太快了。她只重复了一些上学、放学的单调日子，自己一点还没有长大，这些小鸡就完全不再是当初引她日思夜想的小鸡崽了。它们的住处开始换成鸡笼，食物换成稻谷。每天清晨，关了一夜的鸡自言自语地跳下鸡笼，争着抢着吃稻谷，吃完了，振翅奔往它们熟悉的草地。傍晚，母女二人吃晚饭前，美言又舀满满一碗稻谷走到门外，对着鸡群喊："啄啄啄啄啄——"她喊得很熟练，音调平稳，拖得长长的。只需要一声，鸡们就全部从附近小跑过来。

这是小麦喜欢的时刻。她喜欢看到妈妈在暮色里给鸡喂食，小鸡在她腿边忙不迭地点头。然后，在一片咕咕声里，妈妈引着鸡们一只只进笼，关上笼门。这些给她一种非常温暖的感觉。鸡笼是爸爸在家时手制的，用竹片与树枝钉成，用砖头架起来，小鸡踩在排好的竹片上，鸡粪从竹缝里落下去。如果爸爸在家，睡前会打着手电去屋后查看，但爸爸不在，妈妈就拉开卧室的窗帘，就着灯光看鸡们是否一切如常。小麦躺在被窝里倾耳细听，每次都能听见它们被光线照醒时的窸窣声。

白日里，她不太能想到鸡们。不是她健忘，是她想看见它们的时候，它们总是远远地窝在杂草堆里，甚至跑得更远一点，在水塘边熟练地、像大鸡那样浅浅地噙水喝。

三

小鸡快快活活地长大着，它们不需要念书、考试，小麦却要面对和年纪一起增长的功课。暑假过后，小麦上了一年级。当然，一年级与学前班是不同的，尽管只相差一岁，功课却正式起来。小麦似乎有点力不从心，偶尔还会不好意思地告诉妈妈，上课如何没有回答出老师的提问。

美言对此有心理准备，她没有给她辅导学习的计划。原因很简单，她觉得一个六岁的小孩没有必要承担太多功课。

小麦的新班主任兼语文老师是一位年轻女老师，和美言差不多大，据小麦说漂亮又严格。小麦有一天带着哭腔回家，说昨晚作业里“国”字写错了，老师罚她今天把这个字写五面。

美言说：“小麦你一定听错了，老师怎么可能叫你写五面呢，是五遍吧。”

小麦坚持说是五面。她手执铅笔，在方格本上一笔一画大力书写，写到泪眼婆娑，哈欠连连，终于完成五面密密麻麻的“国”字，才肯放心睡觉。美言陪着小麦写，心想，五面也罢，这样可以磨一磨小孩子的耐心。

但是，小麦一个月里接连几次要把一个字写五面，美言开始有些疑惑了。她去学校找到老师，问：“小孩子写错字是应当罚她重写，不过一个字写五面，是不是有点太多了？”

老师微笑道：“我没有叫她写五面啊，我叫她写五遍就可以了。小麦这个孩子好像挺聪明的，就是粗心，经常写错字。小孩子现在写错别字不加强纠正，到了高年级就很难改过来了，家长这方面还是要多留心。”

美言对老师的话表示同意。她回家对小麦说：“我今天去问过你的语文老师了，她说了是五遍，不是五面。”

小麦如释重负，高兴起来。不过，此后美言略微改变不给小麦检查作业的习惯，会看一看她的语文练习本，检查一下错字。

除了这些小插曲，小麦的生活还是比较轻松的。小麦的成绩时好时坏，美言总是平心静气地翻看她作业本上的钩钩叉叉。她觉得小麦的生活只要平安而快乐就够了，暂时还不需要用成绩来扰乱她的天真童年。她对小麦的要求，就是按时上学放学、不迟到不捣乱，做个合格的小学生。

但是有一天，小麦在上课时间回家来了。她独个儿走进门，书包、水杯都不在身上，见了妈妈，犹犹豫豫地说：“老师不让我进教室，我没地方去，就回家来了。”

美言赶紧追问发生了什么事。

小麦说，今天班上有同学丢了一样东西，班主任为了找出来，叫所有同学都出去，她一个一个地搜他们的书包。等搜完了，老师放其他同学进教室，却只不让她进去。

“那个同学丢东西，和你有关吗？”

小麦说：“我没有拿东西，我也不知道是谁拿的。”

“那为什么不让你进门呢？”

小麦边想边说，说了很久，美言大致明白了当时的情况：当老师在教室里搜书包的时候，她的其他同学都紧紧贴着门口站着，站成了一团儿。小麦不想和他们挤在一起，就走到教室附近的花坛看小花、小草。等老师开了门，放门口的学生都进去以后，小麦走过来也想进去，老师却拦住她，还关上了门。小麦在门外莫名其妙，又不知该去哪里，在校园里徘徊了一会儿，就走回家来了。

小麦没有哭，但她显然不明白这到底是怎么回事。美言这次也没有微笑，她觉得应该与小麦的班主任谈一谈了。她带着小麦回到学校的时候，正快要放学。母女二人在门外等了片刻，放学铃打响后，迎上了走出教室的小麦的班主任。

美言将小麦的描述简要复述了一遍，问班主任为什么要拒绝女儿进教室：“让这么小的孩子一个人留在教室外面，是不是很危险？何况，她并没有犯什么错误。”

“刘小麦有两个错误。”老师微笑着说，“第一，我搜书包的时候，叫学生在外面稍候，我提醒他们不要离开门口，但是刘小麦不仅离开门口，还跑到花坛边玩耍，完全不在意老师说过什么。第二，我让她在外面站着，她既不敲门，也不跟我说‘老师请让我进去’。我让她站在门外，意思是让她反省第一个错误，只要她意识到了，我马上会让她进来，但她并没有意识到自己有错，也不想进教室。你看，她直接回了家。”

“可是，让一个六岁的孩子在上课期间独自待在外面，无论如何都是不妥当的吧。”

“我说过了呀，只要您的孩子当时有一点点想进教室的意思，我就会马上让她进来，但是她没有。”老师依旧微笑着，但是眼睛睁大了一圈，“我很想知道为什么刘小麦这么不想进教室上课。我想家长还是在这方面要多教育孩子。”

美言听着这些话，心里逐渐有些紧张，因为今天的对话，已经有点对质的意思了。小麦站在妈妈身边，一只手紧紧扭着美言的后衣襟，脸涨得通红，眼睛只盯着地上。美言把手放在小麦的头上，说：“可能您还不了解小麦，她其实是个很有热情的孩子。”

“是吗？也许是我教她的时间还比较短，还要多了解她。”

这件事情最后的解决，是三方都表示折中：小麦为她脱离同学独自玩耍道歉，保证以后会注意听老师的话；美言为小麦不肯进教室道歉，保证会多提醒小麦遵守纪律、热爱集体；老师为把小麦关在门外道歉，保证以后不再在上课时间将学生逐到教室外。

这些保证从理论上结束了这件事，但是美言觉得，它对小麦有后续的影响。小麦平常很少评价学校和老师，美言一直从她每日念叨的小事中分辨她在学校的情状。现在，她也是从种种小事中感应到女儿在学校心情的微妙变化：每天吃早饭时多了一点匆忙；在校门口放开妈妈的手时多了一点舍不得；小测验前念叨的次数多了一点；作业遇到难处会紧张。美言从这些微小的变化中，觉得女儿似乎在学校并不快乐。

这不快乐只有做妈妈的会留心到，因为从小麦的描述看来，校园生活依旧是那几件事，没有发生新的。她不算一个出众的学生，批评和表扬一般都轮不到她。

四

日子平淡地过去，鸡笼里少了两只鸡，两只都是公鸡。杀它们，是因为那两天分别是美言和小麦的生日。并且，小公鸡再不杀的话就要开鸣了，那会搅扰邻居的。

在杀第一只鸡前，美言提醒了小麦。小麦有点意外，但没有反对，她说："杀鸡可以，但是要我来选，不要把我喜欢的那个杀掉了。"

小麦现在最喜欢的是一只胖胖的黄母鸡。这只鸡胆子比别的鸡要大，一副不紧不慢的样子，喂食时敢于走到人的脚边来。它似乎特别熟悉小麦，小麦想摸它的时候，它既不逃跑，也不惊骇地弓下身，就那样站着，蓬着一身黄底黑纹的毛，让小麦摸来摸去，然后泰然自若地走开。小麦若是放学回来，它还会凑过来咯咯叫几声，表示欢迎似的。相比之下，其他几只鸡就显得稀里糊涂。

小麦选择的是三只黑色鸡中公的那只，和美言的打算一样。它还是个少年鸡，力气不甚大，美言利索地把黑鸡捆起来，拔掉颈动脉处的毛，用一把锋利的菜刀割断了它的喉咙。

小麦在美言杀鸡前跑进屋子里，过后，她在屋里喊："好了吗？"

"出来吧，早就好了。"

小麦走出来，正看到妈妈把滴血的鸡脖子弯到翅膀下面。鸡被放进事前倒了开水的盆里，空气里立刻扑起热漉漉的鸡毛味。不远处有一碗深红色的鸡血，旁边地上也滴了几滴。

"妈妈你怕不怕？"小麦龇着牙问。

"你猜？"美言笑道。

一个高明的主妇也许擅长烹饪鸡肉，但不见得敢操刀割活鸡的脖子。可美言会杀鸡，这还是她大学毕业刚工作那年，父亲逼着她学会的。那天是腊月二十七，全家都在准备过年的饭食。那只鸡捆在院子里，父亲点了名要她来杀。

"前年你哥哥、去年你姐姐都学着杀了鸡。今年你参加工作了，轮到你了。"

美言有点怕，站在廊檐下不动。

"快点，把刀磨磨！都是大人了，连鸡都不敢杀，以后嫁出去怎么操持日子？"

美言的父亲是非常传统的严父，美言爱他，但是不愿与他有任何过多对话。为了快点结束这次考验，她学着别人的样子，拔掉鸡脖子上一块毛，对着疙疙瘩瘩的鸡皮就割了起来。那一瞬间，鸡的身体没有特别大的变化，她自己却感到汗毛直竖，仿佛刀刃是割在自己手腕上。“不行！我不行！”她坚持了一会儿，仍旧恐怖地想，几乎就要神经质地把手里的鸡和刀猛力远远甩开。但就在同一时刻，她感到手中的鸡死去了。它的身体虽然还绷紧着，但生命就像一口无形的气息消散而去，它变成了和泥土无二的物体。

那是美言第一次杀鸡。从那以后，她没有再操刀过。刚工作时没钱，不仅不买活鸡，连肉都很少买。结婚以后，杀鸡当然是丈夫的事情。只是到了如今，她有她必须要保护、要照料的小女儿，才重新拿出这项当年的技能。有一点生涩，但比当年镇定，毕竟，这么多年过去，她也成长了。

美言感谢父亲逼自己练出了这项技能，但是，倘若可以选择的话，倘若在当年那只鸡面前可以说“我不想杀”的话，她是不会去杀的。毕竟，从少女长成女人可以有很多途径，不一定非要通过刀刃，是不是？而死亡，也不一定非要通过那样的方式去了解——父亲在异乡毫无征兆地突然去世，没有一个亲人见到他最后一面。

摆在桌子中央的一盘红烧鸡是美言的生日菜。一家三口每次都是这样过生日，很少买蛋糕，连小麦的生日也是如此。这种家养的鸡很香，小麦胃口大开地吃了许多，好像忘了眼前是她看着长大的小鸡中的一只，和别的食物没有分别。

美言觉着这样也好。小麦能吃，比她自己吃大餐还要舒心。

五

春天过去了，夏天也过去了。到了秋天，家里只剩下一只鸡了，就是小麦喜欢的黄母鸡。

那几只鸡怎么离去的呢？小麦爸爸回了两次家，他们杀了两只鸡添菜。小麦奶奶生病，美言回老家看望，就捆了一只回去。还有一只发了鸡瘟，美言发现它不对头之后赶紧把它杀了，免得传染了别的鸡。

这几只鸡都是小母鸡，被宰掉之前还没有开始下蛋。杀掉后，美言看着它们小小的肚皮，总要说几句惋惜的话，比如“小鸡小鸡你别怪，你是人间一道菜”。

小麦最喜欢的黄母鸡却发育得快，已经开始下蛋了。它比普通的鸡长得胖大一些，算得上一只肥母鸡。它现在和小麦的互动很亲密。比如，它会从小麦手里啄稻子吃。美言第一次看见小麦这样做的时候，心里还有点吃惊，怕母鸡坚硬的喙把小麦啄痛了，然而小麦没有一点畏惧的意思，母鸡也没有。它稳稳当当地从小麦手里啄走稻粒，一把稻子吃完，她的手心一点红印也没有。

后来，美言还看见这母鸡送小麦上学。它一副悠然又平淡的样子，嘴里咕咕哝哝地叫着，跟在背着书包的小麦身后走着，走到院门口便不再跟下去。小麦回身对它说：“回去吧。”它在门边站一会儿，眼望小麦走到公路上再折回来。

甚至有几回，她看到它掐着小麦放学的钟点，晃到院门口迎小麦回家。

美言从没有见过这样的母鸡，觉得很好玩。她也试过把稻子放在手里喂它，但是它犹犹豫豫，最终没有过来吃。它只吃小麦手里的东西，也只接受小麦捉它、摸它、把它抱起离地。大概是小麦个头小，让它不觉得恐惧吧。

自从别的鸡消失，它少了同伴，便把活动区域从杂草地挪到了家门口附近。这样，它就像一只狗、一只猫那样常常在门口溜达了。家里来人，它只稍稍避开，但并不慌乱。吃饭的时候，这只母鸡就走进厨房，在桌下盘旋，有时抬头看看母女二人，一双黄豆大的眼睛一眨一眨，希求有什么食物丢给它。

美言说："这个鸡还真通人性呢。"

小麦说："我们就这样养着它吧。"

"嗯。"

她们一直没有动过杀它的念头。住在郊区，家里有一个小生灵挺好的，多点活气。何况是这样一个可爱的母鸡，不乱叫、不乱跑，还勤勤快快地下蛋。

六

转眼到了冬天，又是小孩子们穿得棉墩墩地去上学的时候了，尤其是低年级的小孩，棉袄、棉裤、围巾、口罩，他们一声不吭地被牵在父母手里上学，像走动的小绵羊，忍耐着路上与教室里的寒冷。

因为路面上冻，美言现在天天来学校接女儿回家。往常，她总是接到一个看到她就表现出兴奋的女儿，但是今天，她看到的女儿是眉头紧锁、满面愁容的。

“怎么回事，老师批评你了？”美言笑着问。

小麦不回答。一路上，她什么也没说，一张小脸一会儿红，一会儿白。到得家里，她也是如此，迷迷糊糊地放下书包，就坐在凳子上发呆。美言轻言细语地问了女儿许久，但是她什么也不肯说。

一直到举筷子吃饭时，小麦才吞吞吐吐地对她说：“妈妈，老师叫你明天去学校一趟。”

“顾曼曼的围巾丢了，老师说，因为是我举手的，所以我必须把围巾找出来。她说，给我两天时间，如果找不到的话，围巾就要我赔。”

“但我举手，是因为怕老师一直不让放学。我想上厕所，我同桌也想上厕所，所以我就举手了。”

“那个围巾要两百多块……”

美言再一次追问许久，方弄清前因后果。顾曼曼是学校一个老师的女儿，跟小麦同班。她有一条美丽的粉红色羊毛围巾。郊区小学生大多家里不宽裕，最多有一条手织围巾松垮垮地搭在脖子上。

顾曼曼第一次围着它耀眼如花地进门时，每个孩子都暗暗多看了几眼，在心里羡慕得不得了。

然而，那一天，顾曼曼的围巾在学校丢了。当天最后一节课，小女孩趴在座位上嘤嘤哭泣，她的妈妈走进了教室，和小麦的班主任交谈了几句后，站到了讲台上。

“首先我向同学们说一下，这条围巾很珍贵，值两百多元。它是顾曼曼过生日时，我特意买给她的生日礼物。”

底下的孩子们都互相望了望，眼睛里满是惊叹。两百多元对他们是什么概念？校门口早点摊里，绝大多数孩子的早饭是两毛钱的稀粥，加一个三毛的菜包子。

“但是这只是一条围巾，不能吃，不能用，对不对？我相信不会有人把它偷走的，一定是顾曼曼自己弄丢了，所以，我希望有看见它的小朋友举手告诉我，不论能不能帮忙找到，我都会很感谢他。”

小麦的班主任在旁边抱着胳膊，微笑着点头：“围巾是中午丢的，中午最后看见这条围巾的同学请举手。”

没有人举手。孩子们都墩墩地坐在板凳上，什么也没有听见一样。等了片刻，讲台上的老师向班主任望了望，低声说了几句话。班主任收起笑容。

“这次我不会叫你们出去，然后搜大家的书包，因为过了年你们就要大一岁了，”班主任说，“但是，今天这条围巾，如果有谁知道却不肯说的话，那就是叫所有同学陪他在教室里待着。没有围巾的消息，谁也不要走，也不要想着放学。”

后来，放学铃声响起来了，老师们果然没有表现出放学的意思，面无表情地站在讲台上。玻璃窗上沾了浓浓的雾气，如果有人从窗外向里看去，会发现里面灰蒙蒙一片，没有放学后的欢声笑语，都是沉默的小孩子。

十分钟过去了，教室依旧一片沉寂。那位老师叫起顾曼曼，领着她离开了。班主任送她俩出去，回来关上门说：“我还是那句话，没有人说出围巾的消息，大家全都不可以放学。”

又过了十分钟，有一只小手慢慢举了起来，是小麦。

美言理解事情的前因后果后，便没有再多说什么，安顿小麦睡下。翌日她去学校，两位老师对美言十分客气，微笑着和她谈起这件事。

“刘小麦一会儿说在厕所看到了围巾，一会说在操场上，神色吞吞吐吐，不像是说了实话。围巾应当不是她偷的，但我希望她能告诉我们实话。”

美言解释道，小麦举手说看见了围巾，只因为想快点放学，好去上厕所。

“那她可以向我们请假去厕所，为什么要说看见围巾了呢？”

是啊，为什么要这样呢。美言在心里想。小麦不是挺直爽的一个孩子吗？

后来，小麦被一个班干领到办公室里来了。她一看见老师，脸就涨得通红，还没有说话，就已带着哭腔。班主任俯下身去，笑着问她："刘小麦，你有没有看见围巾？告诉老师实话。"

小麦红着眼睛摇头。

"围巾的事，我们会慢慢留心，这样贵的东西，有大人看到了应该会注意。不过小麦妈妈，小麦在这件事里也还有需要教育的地方，比如，对老师说谎总是不对的，是不是？"

"我会好好教育她的，"美言心里怦怦跳着，然而面带笑容地说，"不过还请老师在课堂上给小麦澄清一下。昨天的事，可能会有同学认为是她拿了围巾。"

"这是自然，小麦妈妈放心。"

谈话完毕，美言陪小麦走到班级门口，对她说："进去上课吧，妈妈要回家了。"

小麦没有说不，但分明不情愿。但她也知道，自己不能逃学，妈妈也不能跟着进教室，所以脸上的不情愿有了个转折，成了无可奈何。

"进去吧，放学后，妈妈来接你。"美言在她肩上轻轻推了一下，小麦便进去了。

不知为何，从离开学校到家这段时间里，美言一直记得这个动作——轻轻推一下。还记得小麦班上的几个小孩睁着大眼睛看她和小麦的样子。她有点难受，几乎不能安心做下午的事。

接下来几日，小麦一直挺沮丧。美言不得不承认，这个女儿其实有着一颗很敏感的心。而美言的心情复杂，也不亚于女儿。自小麦出生以来，她这是第一次感到力不从心。孩子长大总要经历挫折，这是自然的。但是，她没有想到，自己能和孩子一起承担的挫折其实很少。

她开始回想自己教育女儿的点点滴滴，查看自己有否在无意中教错了她一些东西。也考虑带小麦出去玩玩、散散心，比如去公园喂天鹅。市中心的公园买来几只天鹅，轰动一时，还在报纸上刊登过。

但还没等她将喂天鹅付诸计划，小麦又带回了老师叫家长去学校的消息，同时带回来的，还有一张一塌糊涂的考卷。小麦敢于把考卷给妈妈看，是因为美言从来没有因为这些呵责过她，但那也是因为，那些考卷从未差到今天这样。美言花了一晚上帮小麦订正错题，同时在心里估量她对功课的掌握情况。结果并不乐观，她感到忧虑。

不要急，小孩子一时学不会也是有的。她开导自己。

但她还要面对老师，以及别的家长。和小麦同院又同班的一个男孩子，以前和小麦闹过矛盾的，晚上在家门外唱唱跳跳："刘小麦，不及格，刘小麦，全是叉……"

小麦跑出去追赶他。两个孩子个头差不多，扭在一起厮打起来，两个母亲都过来拉架。

“是我家小孩不对，我这就把他弄走。不过，你家小麦最近是怎么回事？总是心事重重的，我们看着都觉得有点不对劲了。”男孩母亲说。

美言想说什么，终于什么也没说。第二天去学校，“小麦是怎么回事”这句话美言又听到了一次。这句话从这些关心小麦的人嘴里说出来，美言竟感到无可回答。小麦最近似乎是不大好，但她也确实知道，自己的小麦不糟糕。可这两种状态之间，她竟找不出舍此取彼的理由来。

“我们了解了一下您家的情况，刘先生常年在外工作，您一个人带着孩子，大约挺辛苦吧……”

“没有没有，不辛苦。”

差一点，我就要认为小麦犯了什么错误了。其实她并没有犯。从办公室出来，美言苦笑着想。

但是她必须得做点什么，小麦的功课，不管怎样还是需要补一补的。老师没有明说，但她应当要会意了。这和刚结婚时是一样的，学校不会给你足够的时间，让你学习做一个家长。

七

过了一段日子，小麦的功课追了上来。小学生补习功课，无非是把同样的内容多看几遍、多背几遍、多算几遍，美言督促小麦这样做了，考试自然变得顺利。

大约是成绩变好，受到老师夸赞，小麦心情也渐渐好起来。她对妈妈说，老师向她允诺，如果期末考试成绩好，下学期让她做小组长。

“是吗？看来老师越来越喜欢你了。你想做小组长吗？”美言问。

小麦想了想，似乎想要摇头，又想要点头，最后她说：“我怕做不好，我怕我笨。”

“不要怕，有机会就大胆试试吧。”

为了表示对小麦的鼓励，美言找了个时间带她去公园玩，带了白菜叶喂天鹅。那些天鹅在宽阔的水面上游弋，看到白菜叶，赶紧游到岸边来。从近处看，它们有点像农村老家养的大白鹅，连抢菜叶的姿态、叭叭的啄声都很像。

“小麦你说，是天鹅可爱，还是我们家的母鸡可爱？”

“我们家的母鸡可爱。”

“对，我也这样觉得。”

但是，母女二人这阵子每天有别的事情要做，那只母鸡有些被淡忘了。而母鸡也到底不是猫狗，记性不好，一段时间小麦没有在手里放稻米喂它，它便有点不认识小麦，也逐渐不在门口活动了。除了喂食，她们每天很少能看到它。在她们不甚注意的这段时间里，它长得越来越胖，不到一岁的小母鸡，得了日光便蹲下来打盹，像一只看破红尘的老母鸡。

春节前，小麦爸爸回了家。他们打算回山里过年，看看小麦的爷爷、奶奶和姥姥，还要处理小麦姥爷的事。开春的时候，姥爷的棺材就要入土了，这在农村是很郑重的一件事情，要提早筹划。如此，家里这只母鸡过年便没有人照看它，夫妻二人决定把它杀掉。

杀鸡是小麦爸爸下刀的。杀掉以后，美言发现，这只鸡比想象中还要肥，摊开来有别的一岁鸡两只大，满肚子都是大块黄油，还掏出一只结了壳的整鸡蛋，一大串小鸡蛋。

美言把杀鸡的事告诉了小麦。小麦愣了一愣："啊？把它杀了？"

"不是说一直养着的吗？"

小麦看到盆里收拾干净的母鸡，噘着嘴，责怪妈妈违背了她们的约定。美言和丈夫忙于大扫除，没有精力解释这件事，让女儿自去排遣不快去了。她其实也有点不忍，觉得这只鸡挺难得，真要不杀也没有关系，过年寄养在邻居家便可。但另一方面，鸡毕竟不是猫狗，从来人家养鸡没有养到老死的。她现在要记挂的事很多，比如娘家大表哥给父亲打的墓碑一直没有打好，天气预报又说今年冬天冷得很，办事那几天恐怕要下大雪。

晚上半只红烧鸡上桌的时候，小麦已经不抱怨了。介怀还有点，但是一家三口难得坐在一起热热闹闹地吃饭，小麦很高兴，顾不得其他。美言把一串小鸡蛋全部夹到小麦碗里，给丈夫夹了一只鸡腿，自己夹了块鸡胗，一家三口围着简陋的小饭桌吃得热火朝天，是难得的团聚之乐。

自此，家里便没了动物。热热闹闹的年节结束以后，小麦感到冷清，又开始向妈妈念叨再养一批小鸡。美言不太想养，但也没有十分回绝她。不过，又一年乍暖还寒、春气萌动的时候，小麦没再继续嚷嚷小鸡的事情。她当上了小组长，注意力暂时转移到别处了。

那些浪费的
时光和生动的爱

那个朋友

我和他一起合租已经有半年时间了。我们相处得很友好。他是个普通的年轻人，我也是。我们都没有钱、没有房子、没有很多的人际关系。我们每天早晨出去上班，晚上回来。工资都不多，刚够我们自由自在地生活在这城市的一隅——不谈恋爱的话。晚上回来有时心情很好，有时不好，好与不好都没有太大关系。我们所遇的都是最普通的琐事，并且，年轻让我们拥有睡一觉就腾空心情的能力。

他是我合租生涯中的第二个人。前一个让我饱受折磨，因为那人是个游戏狂，几乎每天半夜，我都要被他战到酣处的呐喊声惊醒好几次。他也对我无可奈何，因为早晨是他的酣睡期，我却习惯早起整理房间准备上班。他的体质似乎因为长期熬夜而变得脆弱了，常常抱怨我的刷牙声都会将他惊得心脏加速。

就是在一次不得不压低声音的刷牙中，我看着镜子里那一双浮肿的眼睛，叹了口气，做了决定。隔日，我搬了出去，重新寻找房子。看了几处后，我找到他的房间，那时，他的前一个合租客正好刚搬走不久。我简单看了一下，就觉得选择这里应该挺不错，因为他外貌、举止，还有室内陈设上的所有细节，都和游戏狂人完全相反。

确实，我的选择是对的，这半年里，我几乎寻找不出有什么摩擦的可能。这大半要归功于他的细致体谅与恰到好处的让步。起初，他有晚睡的习惯，没过多久，他便和我形成非常一致的作息。

我们有一半的晚餐是在一起搭伙的，他做菜爱放辣椒。有一次，我随口提出我不擅吃辣，之后，他做的菜肴全部有着点到为止的辣味，比我自己做的还要适口。他发现我爱吃水果，就每次和我买不一样的，与我换着吃。当我告诉他不必这样将就我时，他这样说："没关系，你带我尝试新事物也挺好的，我喜欢新事物。"

不仅生活方面他让我感到熨帖，一段日子过去后，我发现他的爱好也在向我靠拢。我刚搬进来时，他的床头贴的是《变形金刚》的大海报，桌子上放着一些历史书籍，看电视喜欢看《百家讲坛》这一类的节目。如今，他也开始购买军事书籍、看军事节目了——这是我保持了二十年的爱好，我的私人收藏几乎都与军事有关。

"很有趣，如果不是认识你，我也不会知道军事远不止是打打仗这么简单。"他说。

这类话，他说过不止一次。"如果不是认识你，我不知道还有荔枝肉这道菜。""如果不是认识你，我不知什么时候才能真养成早睡早起的习惯。"其实，我们都早已不是孩童或学生，他竟有这样一颗愿意探寻一切的心，我无法不印象深刻。

他还有许多方面让我惊讶。我从来没见过这样一个普普通通的年轻男人心中能装下那么多技能。他收拾屋子的能力很强，如同一个经验丰富的母亲，每天都把我们两人的空间弄得干干净净。他懂得一点医学知识，给我许多改善睡眠的建议。他教给我许多和同事之间相处的技巧，并且说出来时十分自然。他甚至对古玩、登山、摄影也颇有了解。

半年时间像水一样平平静静地滑过，认识的时间越久，我越感到遇到他非常难得，难得到让我常常反省自己是否真是一个值得他为我谦让这么多的人。我们会一起下馆子，向对方借钱，谈论女人和换工作，周末一起去运动。我们曾经一起租自行车骑到三百公里外的另一个城市。与他的关系是我最喜欢的那种友情：彼此保持一点距离，而又对对方有足够的了解。

一次和朋友聚会唱歌时，我打电话喊他一起过去，想介绍他和大家认识。这次见面不出我所料，朋友们都对他的性格十分称道。不过，也有让我出乎意料的，那便是他们都笑称我们俩长得很像，如一对兄弟。

那天唱歌后，我和他一边随意聊天，一边踏着深夜的路灯光往家里走，路过一扇能够倒影的金属门时，他忽然拉住我："你看，我们是真的像！"

我们在黄黄的灯光下站住了。我看看倒影里的他，又看看自己。金属门不是镜子，模糊了一些细节上的不同，留下的都是相同的部分，在深夜里一晃又一晃。

真的太像了，什么时候变得这样像的？我有点惊讶，心想。刚搬来见面时，虽然我们身高、胖瘦都差不多，可那时哪里会有人把我们当作一家人想？他今天的发型和衣着和我并不相似，但确实有某个感觉太像我的兄弟了——不能确定是兄还是弟，有点像比我大，又有些像比我小：他那样站着不动的时候，像是比我大许多；当他兴奋地咧开嘴笑时，立刻有一种比我幼稚的感觉罩上了他的脸。

接着往回走的路上，我一直在咂摸这新奇的发现。他看看我，问道："你在想什么？"

这时，我忽然起了一个念头："过两个月是我妈生日，你跟我一起回去陪她过生日吧。她看到你跟我长得像孪生兄弟似的，肯定也很开心。"

他非常意外而开心地笑了起来，大声答应了邀请。他这个模样实在太像一个弟弟了，太孩子气了。我不禁问道："你没有去给别人过生日的经历吗？"

"有，"他微笑着说，"不过，我还没有给朋友的妈妈过过生日。"

"嗯，你喜欢新事物。"我想起他以前说过的话。

妈妈所在的老家离我们居住的城市有九个小时的火车路程。两个月后，妈妈生日的前一天，我向公司请了假，回住处打点行李。稍后，他也回来了，手中拿着一个纸盒，在我对面坐下说："我买了一个颈椎按摩仪作生日礼物，你要不要看一下？"

我抬头看着他："礼物？给谁的？"

"我不是要和你一起给你妈妈过生日吗？"

“哦！”我突然想起来之前的邀请。接着想：这太破费了，也没有必要。我说：“你心意尽到就可以了啊。”

“可我已经买了，就带着吧。我们坐几点的火车？”

“你真的，”我顿了一下，抬头看着他，“你不必一定要跟我去呀，太累了，而且还耽误你工作。”

“没事没事，我想去呢。”他兴致勃勃地说。

我为难了，因为我其实并没有做好和他一起去的心理准备。那邀请他的一句话，只是我们平常生活中许多随意的允诺之一。对一群成年人来说，这种随意是彼此的默契，但是他似乎没有这方面的经验。

这样的人也是有的。虽然已经成人，却像孩子一样不谙世故的人也是有的。我想了想，决定还是以成年人的方式对他：“你可能不熟悉这方面的规矩。你从来没见过我妈，不需要向她随礼的。这两天，你好好上班，我会把你的心意告诉我妈。”

他沉默了一会儿。我有些内疚，担心让他的心意落了空。当我再看他的脸时，发现他仿佛突然变老了，老了许多，竟然一刹那让我想起我爷爷。

也是这一刻，我觉得我似乎并不太了解和熟悉他。我认识这个人八个月，我们之间从没有过矛盾。我们非常熟悉对方当下的生活，但是我从来没有问过他从哪里来、要到哪里去，他从前是什么样的人、家人是什么样的人。

“我会把你的照片给我妈妈看的。这个颈椎按摩仪太贵重了，你拿给你妈妈用吧？”我打破了沉默，并在心里衡量这话能否在安慰他的同时，向他告知一些成年人往来的默认准则。

他点点头，微笑道：“那你给她过完生日就回来吧？”他在我的眼睛里探寻着什么。这一刹那，他又像是比我小许多。

“肯定的，我还要上班啊。”我说。

“好的，那我就不去了，你路上小心。”他说，面上露出一些轻松的神情来。

于是，我提起行李出了门。刚出门的半小时里，我一直想着方才发生的事情。我担心我说错了话，比如，他可能是一个失去母亲的人，或者，他其实内心里存有深深的孤独，很希望和我做家人一样亲近的朋友。其实在最后一刻，我已经快要答应让他和我一起走了。我忽然觉得人情的规则也没那么重要。默契是人和人之间的，他已经向我主动增添那么多默契，我是不是也应该为他增添一点？他是那样和别人不同，且从来不去炫耀这种不同。

不过，当我到达车站，买到一张刚打出来还温热的火车票时，我又觉得不让他和我一起去也是好的。家中多一个客人，许多方面便不如至亲在一起时那样自然，而客人本身，也肯定没有在自己的住处那样随意。

但是后来，我还是感到了一点不安，因为从行李包里掏东西时，发现那个颈椎按摩仪不知什么时候被塞到了我的包里。

因为这种不安，我回家后向妈妈细细谈到了这个舍友，谈到他罕有的好性格和与我日渐一日的相似。妈妈很感兴趣，我便将相机里他的照片调给妈妈看。妈妈看到他的脸时便愣住了，似乎从他的脸上发现了什么特别的东西。端详片刻后，她要求我将照片放在电脑上放大。

她盯着那张流动着与我说不出的一致性的脸看了许久，思忖着，慢慢说道："你这个朋友，今天没来也好。"

"为什么？"我看着妈妈明显变得凝重的眼神，有点不宁地心想，他不会是我失散的兄弟吧？——这也太戏剧化了。

妈妈抬起头，凝视着墙角她布设的佛龛。她是信佛的，父亲去世以后，她更是持之以恒地吃素、抄经。她在深思的时候，总是喜欢望着它们。

"我看你还是一个人住比较好。你这样粗枝大叶的，肯定打搅别人的生活。人家看着随和，也许只是不说而已。你一个人住，我比较放心。"她没有直接回答我的问题。

我不满道："妈，你干吗总是把我想得那么差劲，我跟他相处得很好的，朋友们都说我们像兄弟一样。"

"是的呀，像兄弟一样。"妈妈点了点头，"可是太像了，我觉得有些不对头啊。"

“有什么好担心的。”我很不解，“我们本来就高矮胖瘦差不多，在一起住时间长了，一起吃饭一起玩，别人看着就越来越像。你担心什么呢？”

“不过，你这个朋友看上去倒是面善的。”妈妈再次答非所问。

临走时，妈妈照例给我打点了许多东西。我觉得大部分都是可以自己掏钱买的，但做妈妈的总是如此，也只好看着她往包里不遗余力地塞着各种食物、衣裳、日常药品，将一只旅行包塞得鼓鼓囊囊。并且，她无视包缝已快要裂开，竟还从佛龛里拿了一尊小小的贴箔金佛和一串核桃小佛珠，用手帕包起来，打算在包里找个角落继续塞进去。我哭笑不得，赶紧拦住她的手。

“我不信这个的，妈。”

“装着吧，放在屋里，我放心些。”她低着头，将两样个头不大却沉甸甸的东西往包的深处塞着。

“哎呀——妈，我不想要，你好不容易弄来的，别路上弄丢了。”我哭丧着脸说。这样的东西家里有好几样，都是她这几年和佛友一起从各大寺庙里求回的宝贝。我一向不以为然，妈妈也不强求我理解她。如今，她是觉得我年纪渐长，也该寻些精神寄托了吗？

“拿着！”妈妈皱起了眉头，“你年纪轻轻的不知道轻重，人活着，总要有些敬重的东西。”

妈妈严肃起来的时候，我总是无话可说。我向她手中望一望，小核桃镂空雕刻的佛珠颜色很深，也许是被她摩挲久了，泛着柔和、沉着的光泽。我虽然不信佛，但这光泽确实非常吸引人，我不由得接了过来。

返程又是一路颠簸。回到住处时已是晚上，我的舍友并不在家。一个晚上，我都在整理带来的东西，分了一些放在他柜子上。然后，将小金佛放在床头柜的一角，躺在床上休息，拿起那串佛珠把玩。

此刻，我才看清了这佛珠的形貌，原来每一颗上雕的都是一个罗汉，每一个罗汉的表情、姿态都不同。这样别致，妈妈是从哪里弄来的？我诧异着，翻身去看桌上的金佛。小金佛在灯光下凝着一点含蓄的光，仿佛有什么话要说。

很快，门外有了他的脚步声。他和平常一样，一边关门一边笑道："你回来了？我在楼梯上就看到屋里有灯光——"

他忽然愣住了，他看到屋中新添的东西。他保持着关门后的神态，但眼睛粗粗地将屋子打量了一遍。

"你带了不少东西回来？"他干巴巴地说。

我没有回答。我隐约相信，他关注的只有两样东西，并且隐约感到，在这几天一些未被我加以重视的细节中，有一件不太寻常的事情正悄悄发生着。不过，尽管我不知道到底是什么事，我确定这当中并没有灾难的性质，因为今日他出现的时候，我又像往常那样，呼吸到他随身携带的让人无端感到乐观的气息。

“你知道了？”他慢慢走到他的床边坐下。

“知道什么？”我坐起来，仔细看着他。

“如果你不知道，为什么会弄来这个。人们知道的时候，常常都是这样做的。”他指着那两样东西说。

“这个是我母亲的收藏，她送给我的。”

“哦，你母亲。你母亲跟你说了吗？”他抬头凝视着我的眼睛。然后，仿佛想给自己多一点余地似的，又加了一句，“不过，我也是打算找机会告诉你的。”

“说什么啊？说什么？”我又想到那个可能，电视剧一般的可能——他和我有血缘关系。我几乎就在等待他将这个可能落实。

“我想你也猜得出来……其实我一直希望每个人都能不同。”他有些无奈地说。

“到底是什么啊？”我急切地问道。

“这些东西对我不会有影响的，但我也不会影响你的，其实都是我自己的事情。”

“你在胡言乱语什么啊？！”我大声问。

“我是鬼，但我可以像人一样的。”他轻轻地说。然后，他抬起脖子迅速呼吸了一下，拿起一个枕头又立刻扔回原处，再向我微笑道：“哎呀，说出来好受多了，好受多了。”

我觉得我整个晚上被这句话劈成了两瓣。前半个让我充满猜想的夜晚突然就缩小了，消失了，而这后半个，我完全无法构想和延伸。我想笑，但是笑不出来，因为我发现，尽管不太懂，但这句话忽然收纳了许多被我忽略掉的细节。

我盯着他，无意识地重复道："鬼？"

"嗯，我是鬼，但我可以像人一样生活。我喜欢人的生活，每次和人在一起的时候，我就不由自主地向他的生活靠拢。你不知道你们的生活有多么有趣，你们不是无所不能的，但可以享受各种自己安排生活的许多小乐趣。"

"乐趣？"

"真的。我已经和许多人一起生活过了，学到一个人要做的很多事情。不过，跟你在一起的这些时间，你教给我一些新东西，我才知道军事也是很丰富的，我上过战场打仗，研究军事原来比打仗要复杂得多。"

"打仗？"

"你不相信我说的这些吗？"

我完全不知道该摇头还是点头。我的目光一直游移在他的头发和小金佛之间，一半脑子里闪过一些鬼怪电影里的镜头，一半脑子迅速判断出那些镜头的浅薄。

"没关系的，你看。"他俯身将小金佛拿起来，端端正正放在手心里。几秒钟后，金佛忽然像从内部燃烧起来一样，发起耀眼的光。我没有注意到他是如何将我的手拉过去，把金佛放在我的手心里的。我全部注意力都挪到了这小东西上面。很小的，凉凉的，笑嘻嘻的金佛，肚子里含着一团火焰。冰凉的火焰，非常奇异而真实。我凝视着这从未在颜料中看到过的色彩，飞快而又朦胧地想着，这其中是一个怎样的世界啊。我们之外到底有多少世界啊。

房间很小，所以金佛的光只是照亮了这个房间。但我相信如果我们在外面，在旷野上，很远的地方的人也能看见这光。

然后，光焰消散了，一切恢复到片刻之前。我感到自己像刚从梦中醒来，就丢失了一秒钟前的一个梦。

“像魔术。”我叹口气，说。

“你还要看别的魔术吗？”他问。

我摇摇头，长久地发着呆。害怕吗？不是。吃惊？不太多。那么，我的心是被什么抓住了呢？我自己也说不清。但我知道眼下是可以平静的。也许是被光焰燎了眼睛，我渐渐感到有些想哭。

于是，我问他：“你为什么要告诉我这个？其实我是不知道的。”

“因为人总是想和自己信任的人吐露一点内心的秘密。我和人们待久了，渐渐也染上这个习惯啦。”他笑道。

这个回答倒是我没有料到的，他的意思是我是他信任的人。

他，或者它，也可能是她，选择我作为芸芸众生中可以信任的人?二十九年不长不短的青春让我的心不那么容易感动，却容易被触动了。于是，我决定不放过这个追问的机会："你觉得我是个什么样的人？"

生平第一次，我在说出这句话的时候，重点词不是"什么样"，而是"人"。

"你？你是一个好人。"

"好人。"我不由自主地重复道，"你长得和我越来越像，因为我是一个好人？"

"这个，长得像你是不由自主的，"他笑起来，"因为我喜欢你的生活。其实也可以控制的，但是这段日子过得比较开心，有时就忘了。"

"我的生活有什么好喜欢的。"这是一个比较接近人的话题。我挺起腰，换了一个姿势坐着，这才发现，方才的呆怔已经让腰背都僵直了。我的头脑里掠过自己的生活。身高一米七三，体重一百三十斤，腰围已经突破二尺四。艰难晋升的小职员，毫无突破的朝九晚五，唯一的乐趣是睡觉和搜集军事模型。我快三十了还近乎一事无成，糟糕的是我倒也不是很着急。我甚至发现自己对女孩的兴趣已经比念大学时小了许多……这些是我常常想到并感叹的，但今天，我好像突然生出一个新的观感去看待我自己的生活——竟然是这样的，我过着的是这样的生活。每天二十四小时，一年三百六十五天，二十九年，天啊，这么多、这么多的厚厚的生活，简直可以摞成一座没什么艺术价值的金字塔。

“我的上一个朋友喜欢历史，他跟我说过许多野史、典故之类的，还有民间那些盗墓的故事。我问他，看这么多是要当学者吗？他说也不是，活着总得找些打发时间的好玩的事来做吧？”他躺在床上，双手枕在脑后，“活着啊活着，我可以做一个人做的全部事情，但我还是无法生活。有一年，我和一个女孩谈恋爱。那时，我特别有诉说的欲望，想把我过去见过的有趣事情全部都对她说，逗她笑，但当我回忆的时候，我发现我没有一个起点。”

“你的年纪——”我只说了四个字，立刻觉得最好不要问。

“唉，谈恋爱、结婚、生病、涨工资、失业、旅游、变老、病死……我一直在努力体验这些东西，可我只有时间的流逝。不对，连时间也没有。我知道我不可能成为你们，但我觉得你们这样更加可爱。唉，差不多一般人能做的事我都能做，但我不是一个人。”

“不，”我侧身向他说，“你不知道的，你其实比许多人要好。你没有做过害人的事情吧？”

“不，我害过人。”他叹着气说，“就是那个女孩子。我那时还不太懂如何营造一个普通人的样子，做得非常仔细，但有一次还是不小心有了漏洞。那时，我们都已经恋爱好久了，我想留住她，但是她大哭大喊，我根本没办法和她说什么。她那哭声真是让我心碎啊，好像她白白的、漂亮的身体里面，有什么东西被我不小心打坏了。我以为女孩子会喜欢自己的男人给她见些与众不同的东西，后来才明白，其实相爱不需要什么不同，最好的东西都是相同的。”

“她吓疯了吗？”

“我觉得没有，不过也差不多吧。有人觉得她疯了，因为别人不会相信我真的是鬼，对不对？我把她送到她父母那里去，就胆战心惊地跑掉了，跑到另一个城市里去了。那时，我脑子有点乱，后来想想，觉得就这样走掉是不对的。”

“那也没有别的办法呀。”我说。

“是的啊，但是不管什么事，去做点什么总比不做好。该做的事情不会比想象中多到哪里去。我现在变聪明了，有女孩子接近我的时候，我就表现得讨厌一点。这对她们是有益处的，能让她们觉得我比想象中坏，自己比想象中好。”

“嗯。”

“你觉得我还能多做些什么吗？比如，我是不是该尝试结一次婚？我做过爱，但还没有结过婚呢。”

“多做些什么？”我忽然感到疲倦起来，“你其实已经比人多做许多许多了。”

“真的吗？”

“嗯。”

“唉，有形的生活啊，多么美妙。”

“嗯。”

“你是理解我的啊。”

我的心稍微跳得重了一下，抬起头看了看他。他仰面躺在床上，双手垫头，衣裳扯出了常人的褶皱。

“我不敢说理解你，但是……”长篇大论过于烦琐，而我的脑子此刻有点发僵。于是，我干脆说：“你是很好的。”其实，我不想和他讨论这些人与人之间理解不理解的问题，我在六七年前和上上一批朋友已经讨论过许多遍了。即使他是鬼，我还是提不起讨论的热情。

“那么，你还会和我一起住吧？”他侧过头，微笑着对我说。

这个问题确实是需要讨论的，因此我没有吭声。

“其实，你知道我是过着人的生活。”

“嗯。”我默默想着，想着这些日子他带给我的许多东西，以及据说我带给他的许多东西。

“我知道你是怎么想的。”他说。

“嗯？”我看着天花板。

“我很喜欢和你一起住。”

“我也是。”

“我知道你说的是实话。”

“确实。”

可这又怎样呢？我叹了口气，忍不住想。这又怎样呢？上一次冒出这个念头，是和初恋女友分手的时候。分手分了三个月，可我竟然在朋友面前一点也没表现出来。女朋友跑了，这又怎样呢？我想。而平常别人向我倾诉什么，我都是说："别看轻自己。""不要放弃。""有什么想法就大胆说出来吧！"

我患有轻度神经衰弱，常常心情一变就失眠。这晚，我根本没有睡觉的打算，但后半夜我竟然迷迷糊糊地入睡了，并且一边睡一边还可听到他在对我说些什么。我想醒来听一听，又想好好睡下去，在这种矛盾中折腾了一夜，感觉很累。

翌日起来，他已经洗漱好了，坐在他的床边，双手撑在膝盖上，就那样望着我。我从来没有从这个角度看他的眼睛，它们比印象中要大、要黑。我心里一跳，回想起一个忘记了二十年的记忆片段：当我还是小孩子的时候，一感冒就会发高烧，有一次从昏睡中醒来，发现一直不怎么和家人亲近的爸爸在床边盯着我。他庞大的身体很像我睡梦中那些上下浮动的垫子。

就在那时，我察觉到生活和梦境的某种相似性。而今天，我好似也察觉到了鬼与人之间的某种关系。

见我醒来，他说："对不起，你昨天坐了一天火车，我又让你一夜没睡好。我去上班了，希望晚上回来我们和平常一样，好不好？"

我努力让表情和平常一样，但是疲累让我的大脑木木的。我花了一点时间回想前一个晚上的事情，那实在太像一个梦了，但是比梦还要难以捉摸，因为梦是在同一个框子里面安放不同的内容，内容可能忘记，框子总在的，但眼下我找不回框子，也找不回内容。

我含含糊糊地说："其实没关系的……"

"嗯，确实不会有什么关系的。昨晚，已经详细跟你说过。如今，我已经和人一模一样了，这个你可以放心。"他拍拍我的肩膀，拎起他的包出了门。

我在他身后，看着这个和其他青年并无不同的背影点点头。

不过当天下午，我还是悄悄收拾东西搬走了。走的时候我想，如果他有什么特殊的能力的话，应当很容易知道我的行踪，那么走不走都是一样。那么，我这样走是为了什么呢？我其实挺喜欢这只鬼的，并且在喜欢之外，有种惺惺之感，这对我这样甘于平凡的人来说，实在是一种值得珍惜的感觉。

但是我二十九岁啦，对安定的渴望开始影响我。我在心里掂量了一下，发现他是只鬼的震动，竟然没有超过某个女孩子突然向我示爱。

我在一个旅馆里凑合住了几天，然后找了新的住处。若干天后，他来找过我一次，不是到我新住的地方，而是在下班时间，在我的公司门外等我。我们在饭馆一起吃饭，散淡地聊了些近况，给对方斟酒，竟有些久别重逢之感。

他一直没再提那晚的事情，最后是我提起的。我还直接告诉他说，我怕他。

“不是怕你是鬼，而是怕你太像人的部分。”

他眼睛有点红红的，点点头，没再说什么。我有点担心他会不会误解我的话，然而我也不知该如何解释。走的时候，我们都对对方说：“保持联系。”

不过，他没有再找过我，我也没有再找过他。我知道我们有保持联系的理由，但是我们谁都没有这样做。这并不是稀奇的事情，对不对？他或许真的理解了人与人之间这一点悲哀的默契。

有时，我也想象跟他于无意中重逢，可这样的时刻始终没有到来。有时，我遇到一双和他有些相似的眼睛，我以为那是另一个他，或者是他的另一个样子，但只要再观察一下，便知道那是和我一样生活在时间里的人，不是鬼。

我依然没有钱住单人房间，在这个流行合租的小城里，我又找了个类似的屋子。新舍友和第一个舍友一样晨昏颠倒，让我很痛苦。于是几年里，我又搬了几次家。生活仿佛给了我许多小小的麻烦事，我几乎不再期待自己过上一个正常男人的生活——你知道的那种生活。但是三年之后，我忽然相亲成功了，对方是一个二十八岁的姑娘，脸不好看，身材不错。然后，我换了工作，薪水翻了一番，买房和生孩子也都在进行中。这些难以想象的事情当真被我完成时，没有任何人告诉多么奇特与难得，因为人人都要这样做，都会做到这些。

我没有忘记他，不过只有这时，只有当我历数自己完成的那些不值一提的奇迹时，我会真切地在脑海里重现那个和普通年轻人一样的——鬼，重温那个小金佛在手心里熠熠发出光辉的感觉。如今，我发现那是我人生中寥寥的，感到自己的心完全移注到某种无形事物上的时刻。那个时候是幸福的，我如今才发现。